他们俩

徐志摩与陆小曼的浪漫爱情

亭后西栗 著

台海出版社

图书在版编目（CIP）数据

他们俩：徐志摩与陆小曼的浪漫爱情 / 亭后西栗著.
-- 北京：台海出版社，2020.12
ISBN 978-7-5168-2782-6

Ⅰ．①他… Ⅱ．①亭… Ⅲ．①传记文学－中国－当代
Ⅳ.①I25

中国版本图书馆 CIP 数据核字（2020）第 208935 号

他们俩：徐志摩与陆小曼的浪漫爱情

著　　者：亭后西栗

出 版 人：蔡　旭　　　　　　　　封面设计：亿德隆文化
责任编辑：王　萍

出版发行：台海出版社
地　　址：北京市东城区景山东街20号　　邮政编码：100009
电　　话：010-64041652（发行、邮购）
传　　真：010-84045799（总编室）
网　　址：www.taimeng.org.cn/thcbs/default.htm
E-mail：thcbs@126.com

经　　销：全国各地新华书店
印　　刷：三河市天润建兴印务有限公司
本书如有破损、缺页、装订错误，请与本社联系调换

开　　本：880毫米×1230毫米　　1/32
字　　数：192千字　　　　　　印　　张：10
版　　次：2021年1月第1版　　　印　　次：2021年1月第1次印刷
书　　号：ISBN 978-7-5168-2782-6

定　　价：49.80元

未曾白首，至死不渝

为了爱，我们能付出什么？

为了爱人，我们能牺牲什么？时间，金钱，名誉，健康，前程，梦想，亲情，友情，还是……全部？

有些人，将爱情当作生活的调剂品，有固然好，没有也可以忍受，他们的心底，潜伏着理智；

有些人，将爱情视为生命的必需品，有则欢喜，没有则万劫不复，他们的心中，燃烧着痴狂。

大约在一百年前，有一个男人，他自小顽皮聪慧，意气风发，备受宠爱。他曾经协议离婚、追爱万里，他后来疲于奔命、狼狈潦倒，但他有一颗热心，一腔诗情。怜悯他的人，怪他软弱多情、犹豫彷徨；怀念他的人，说他纵然为情爱昏了头脑，可他依旧心系社会，尽责而奋勇。

大约在一百年前，有一个女人，她游走于社交界，光芒万丈，受人追捧。她曾经精神出轨、为爱堕胎，她后来吸食鸦片、挥霍无度，但她有一颗真心，一支画笔。鄙夷她的人，骂她作风放浪、妇道全无；喜爱她的人，说她虽然许多事做得不好，但她依旧是个好人，真实而坦率。

大约在一百年前，徐志摩遇见了陆小曼。

他立志成为中国新青年的榜样，他想引领蓬勃的朝气和沸腾的热血，推翻旧的一切蒙昧、一切束缚，他希望通过自己的努力，开创一个崭新的、自由的、理想的时代。

大约在一百年前，陆小曼遇见了徐志摩。

她是年少不经事的千金，她不懂得科学与民主、自由与压迫，但她被他的热情打动了，她想要成为和他一样的人，想和他并肩向前，向那令人窒息的旧的枷锁，发出强有力的一击。

于是，他们成了一对不被容忍的恋人，成了一对不被祝福的夫妻。

他们放弃了很多，先是友情、亲情和名誉，之后是健康、金钱和梦想，但是，他们得到了彼此最热烈的爱。

在那个人人谈论爱情、向往爱情，却人人谨守旧传统的年代，他们像希腊英雄赫拉克勒斯一样，在永不睡眠的巨龙的看守之下，从泰坦巨神女儿的果园中抢夺了闪闪发光的金苹果，也就此开启了他们人生的另一种悲剧。

人的一生只有两种悲剧，一种是得不到自己想要的东西，而另一种，是得到了。

相遇，相知，相恋，相守，又相离，徐志摩与陆小曼的爱情太过精彩。短短数年，他们便演尽了一生一世的故事，就像一场盛大的花事，绚烂无比却转瞬凋零，又像一场盛大的焰火，轰轰烈烈却寥落成空。

曾经发誓要相伴白首，却终究行色匆匆，走失在滚滚红尘中，从世间两地，一个转身，便是阴阳两隔。

念着心爱的眉，徐志摩早早化作一阵清风；念着心爱的摩，陆小曼缓缓走过惨淡余生。他们的记忆，无法铭刻成永恒，他们的故事，却被人永恒地讲述着。

　　在未曾白首的爱情里，说到徐志摩，总会提起陆小曼；在至死不渝的怀念里，说起陆小曼，总会想到徐志摩。

　　他们将生命和时光毫无保留地献给爱情，献给彼此。他们的名字也被人们写在一起，成为一种永恒——一种至爱至上的永恒。

亭后西栗
2020 年 8 月 29 日

目 录

第一章　如梦的前尘

如果你我各自的前尘

　　当真如梦一场

我们能否

　　在明媚的阳光下，忘却

　　在迷人的春风中，沉醉

若能寻到那不知归路的纯净乡

　　只愿梦一段

属于你我的好时光……

眉

陆家独女

故事的开始，是这世上集万千宠爱于一身的她。

她是深秋的暖阳，有明媚的孤高；她是云中的画眉，唱清脆的欢歌；她是母亲眉梢的温柔，是上天唯一没有收回的礼物，是焦点，是家中的挚爱。

1903 年，是清朝光绪皇帝在位的第 29 年，经历了"百日维新""庚子事变"，签下丧权辱国的《辛丑条约》，此时的清王朝仿佛风雨中的大树，根基已腐，岌岌可危，随时可能轰然倾颓，只剩下庞然错综的枝叶，仍然对曾经的辉煌念念不忘。

那应该是一个飘摇的时代，就像深秋的叶，随便一阵风起便会翻飞落下，但黄浦江边的沪上生活，时光却依旧慢而悠闲。

在上海 11 月的湿凉中，陆家的第五个孩子诞生在孔家弄 31 弄 2 号，那天是农历九月十九日，正是观世音菩萨的出家成道之日。

这是一个吉祥的日子，她的父母为这个女儿取名为小曼，乳名小眉、小龙，也唤她作"小观音"。"小观音"，自然是指她诞生在特别的日子里，而唤她小龙，是因为观世音菩萨身边的女童便是龙王的小女儿。

陆小曼，自她降生在这个世间，仿佛就已经注定她将成为众人的宠儿，而这宠爱她的众人，首先便是她的父母。

陆小曼祖籍在江苏常州樟村，陆姓是江南大姓，单是樟村陆姓便有十大支派。陆小曼的这一支，最早可追溯到战国时期的陆通，汉、唐、宋代时陆氏更是名人辈出，既有名相忠将，也不乏像陆游这样的文人墨客。

咸丰年间太平军起义，宗祠被毁，为了躲避战乱，陆小曼的祖父、"北园村派"第 78 世孙陆荣昌带着家人移居上海。陆荣昌当时是朝议大夫，没有实权的他，却在战乱中慷慨解囊，赈灾济民，被传为佳话。

陆小曼的父亲陆定，原名子福，面相敦厚，为人和善。或许当真是有厚福之人，他每次参加考试必过，毫不费力地考中了举人，家人也因此为其改名陆定，愿他日后能安其身定其命。

中举后，陆定成为清政府的公派留学生，前往日本早稻田大学留学，成为内阁首相伊藤博文的得意门生。留学期间，陆定加入孙中山创建的同盟会，积极开展爱国活动，并在回国之后加入国民党。

陆小曼的母亲吴曼华同样出身名门，虽是女子却多才多艺，古文功底深厚。清末，陆定担任贝子贝勒学校教师时，吴曼华还会帮他批改王子王孙们的文章、作业。除了这些，吴曼华还特别喜欢绘画，尤其擅长工笔画，她对绘画的热爱，也随着她名字中的那个"曼"字一起遗传给了陆小曼。

陆定与吴曼华一共育有9个子女，陆家本该是个和美热闹的大家庭，却终究只是家世显赫、子孙福薄，陆小曼的兄弟姐妹都在幼年和青年时夭亡，只剩她一人。

陆小曼自幼便体弱多病，宛若细柳难经雨，更似轻雪不堪风。接连失去子女的痛苦，让陆小曼的父母对她万分疼爱，在精心的照料和全心全意的关注下，陆小曼度过了人生的最初几年，这几年也使她的人生埋下了任性与自负的隐患。

有着优秀的父母和优越的家庭环境，陆小曼自出生开始便注定会走在同时代女性的前列。当她稍大一些时，幼稚园在上海初兴，这种新兴教育费用相当高昂，但母亲还是将陆小曼送去读书。

幼稚班的学业并不艰深复杂，只有简单的算术、绘画和体操课，有时还会讲一些童话故事。与旧式的启蒙教育相比，幼稚园的时光更加阳光欢快，无时无刻不充斥着新鲜的感觉。

深藏闺中的传统女子大多娴静少言，眉目间总藏着淡淡的忧愁，就像黄梅时节撑伞穿行在雨巷中的姑娘，因为她们每日抬头望见的，只有一方天井里的朝云与夕阳。而陆小曼的人生，从很小开始，便有着缤纷的色彩。

那时的陆小曼活泼调皮，却也十分乖巧，童稚的声音甜甜的，煞是好听。她对什么都有好奇心，学什么都很快。

五六岁时，陆小曼跟着母亲去看戏，回家后便闹着要学戏，父亲请来梨园的旦角教她。

陆小曼学得很快，几次下来，竟也将那戏台上一走一回眸、一坐一开嗓的姿态、腔调学得有模有样。如此出色的徒弟实在难遇，教她的师傅竟不顾陆小曼的身份，提出收她进戏班的想法，并向陆定许诺，说只要好好调教陆小曼，将来一定会成为名角，大红大紫。

这样的提议陆定自然不会同意，他推说陆小曼年纪小，学着唱唱玩玩就好，哪能当作职业。

有些时候，真实的原因大家都知道，却谁也不愿说破。毕竟在那时，名伶虽然广受追捧，社会地位却依旧很低，而陆小曼出身显贵，作为陆家千金，她只能也注定要走上成为名媛的道路。

帝都风云

没有人能逃过时代的浪潮，却可以在惊涛中以机智和胆识远离危险，稳稳地驶向更为平静的水域。

陆小曼在上海长大，新式的启蒙教育让她比同龄的孩子更加敏锐。她懂事却不早熟，聪明却不做作。陆定夫妇虽然对陆小曼期望很高，却从没想过这个看上去弱不禁风的女儿能让他们躲过一劫。

1909 年，陆定在北京就职，6 岁的陆小曼也跟着母亲离开上海，北上同父亲一起生活。从繁华的上海到繁荣的北京，陆小曼的人生也迎来了更大的舞台。

随着清王朝一步步走向衰亡，作为帝都的北京在刻意粉饰的太平与繁荣之下，潜藏着多股势力的博弈。政局不稳，直接导致了人们生活的动荡。

可是，名门富家的孩子无须知晓人世疾苦，窗外风雨如注，檐下暖灯清歌。

陆小曼也是如此，她是父母的掌上明珠，从不知忧虑为何物，她是陆家的独女，无论在上海还是北京，都能享受奢华的生活。在那个穷人不读书、女子鲜读书的年代，她一直接受着最顶尖的教育。

搬家永远不是中止教育的理由，陆家移居北京后不久，陆小曼就被送入北京女子师范学堂附属小学读书。除了接受学校教育，吴曼华还亲自教陆小曼笔墨丹青、诗书古文。

陆小曼的出身，已经让她走在了时代前列，但望子成龙、望女成凤的父母，总希望能将自己的一身技艺尽早传给孩子，为他们打下更为牢固的基础。在母亲的精心教导下，陆小曼的言谈举止、行走坐卧变得越发优雅，人也越发聪颖起来。

1912年，延续了近300年的清朝彻底退出历史舞台，中华民国成立。同一年，9岁的陆小曼进入刚刚成立的北京第一女子中学读书，这里的课程极为丰富开放，有国文、日文、英文、数学、物理、化学、生物、历史、地理以及国画、音乐、体操等等，涉猎面极为广泛。

如此全面的教育，让陆小曼的学识与见地都得到极大提升，她不再是早慧多病的陆家独苗，而是像一株被人移入花圃、精心呵护的幼苗，汲取着来自多方的养分，不断发掘自己的无限潜能，并按照母亲的期望和规划，在名媛的成长道路上稳步前进。

见过世面的人，都有着洞察根本的敏锐和遇事不慌的镇定，即使只是一个不满10岁的女孩子。

1913年10月，袁世凯操纵国会进行大选，就任总统。掌权后的袁世凯为了排除异己，下令解散国民党。国民党员遭到大肆搜捕，陆定也榜上有名。

常年混迹官场的陆定，这次却没有意识到问题的严重性，他依旧戴着党章去上班。

一日，陆定临出门时，陆小曼看到他胸前的党章，急忙喊住父亲，提醒他摘下国民党党章。

谁也没有想到，就在那一天，陆定被警方传讯了。搜身时，警察没有找到党章，于是只能将陆定暂时扣押，连夜前往陆家突击搜查，想要寻找其他证据。

陆定之前与国民党员之间多有书信往来，但那些信早已被吴曼华收了起来。警察在陆家搜查许久，却没有搜到有用的证据，于是转眼看向单纯可爱的陆小曼，开始盘问她，想从她口中找到突破口。

"你爸爸的书信都放在什么地方？"

"爸爸的书信公文向来放在办公室呀！"面对不怀好意的询问，陆小曼毫不慌张。

"那私人信件呢？"

"你们翻出来的不都是吗？"

年幼者未必无知，弱小者未必胆怯，更何况陆小曼身上有着自幼耳濡目染的大家风范，虽然不倨傲，却也丝毫不肯退让半分。

这次搜查无功而返，因为没有证据，在多人的联名保释之下，陆定也被很快放了回来。

平安归来的陆定，在感叹时局诡谲变化的同时，更是对陆小曼的机敏刮目相看。不满 10 岁的女儿，不仅提醒了他都不曾注意的细节，更是在气势汹汹的警察面前镇定自若。难以想象未来的她会成长得多么优秀，更无法预知她还会为陆家带来怎样的惊喜。

子女天赋异禀，身为父母自然满怀欣喜与期待。陆小曼的父母原本就对她有着很高的期望，当这些期望逐渐变为现实，甚至超乎他们的想象时，陆定夫妇除了自豪，更是不遗余力地投入更多的财力和精力，为陆小曼创造更好的成长环境。

他们确信，良好的教育定能助她扶摇直上，高翔于天际，成为人群中更为耀眼的、独一无二的存在。

"皇后"

光耀圣心

对一个人的期望有多大，投入就会有多大，陆小曼的父母在她身上倾尽心血，他们能创造和提供的，远比当时很多父母能给孩子的丰富、优越得多。

陆定多年来担任财政部司长和赋税司长，手握财权的他一直是政府中的实力派官员。在日本留学时，他参加了同盟会，并大力支持革命，整个陆家也为此做出了不小的贡献。为了表彰陆家两代人为民主革命做出的贡献，1916年，民国大总统黎元洪还为已经去世的陆荣昌亲笔题写匾额"饥溺为怀"，陆小曼的祖母刘氏也获得"本固枝荣"匾额。

陆定身居高位，一直出入名流社会，与国民党元老吴玉章、章太炎等人关系密切。后来他辞官经商，利用多年管理财政工作的经验募集了大量资金，与朋友一起创办中华储蓄银行，开创了我国银行界"零存整取"的新模式，陆家也因此资产猛增，很快成为显赫一时的豪门望族。

凭借雄厚的实力，陆小曼的父母在她15岁那年，耗费巨资将她送入圣心学堂。

圣心学堂是一所由法国人开办的贵族学校，专门为居住在中国的外国子弟提供贵族教育，因此，这所学堂并不公开招收中国学生。

如果是中国人，除了花费重金，还要凭借人脉关系才能将自己的子女送入圣心学堂，因此，在这里读书的中国学生大多是北京军政界部长级别以上的官员家的千金小姐或公子。

与寻常学堂不同，圣心学堂采用完全西式的教育方式，开设的课程全部是上流社会绅士、名媛需要掌握的，比如英文、法文、钢琴、舞蹈、油画。

这里隔绝了外界的纷乱。1918年到1920年之间，政局混乱，大总统不断更换，五四运动爆发，战火随着南北和谈的破裂迅速点燃，许多人流离失所，但圣心学堂的阳光依旧明媚，贵族子女之间的社交依旧热闹如常。

为了让陆小曼更好地适应圣心学堂的学习生活，她的父母专门聘请了英国家庭教师。到了17岁，陆小曼已经精通英语和法语。

之前在家时，陆小曼有专人服侍，饭来张口、衣来伸手，但圣心学堂是寄宿学校，她不仅要学会自己穿衣梳妆、整理床铺、打扫卫生，还要完成课业。

陆小曼变得独立起来，她学会了骑马、骑自行车、游泳和打网球。骑自行车在当时是一种相当时尚的运动，学校甚至规定，不会骑车的学生体育考试不及格，而这将直接影响学生的升级。

对于当时的中国人来说，这些课程不仅新奇，而且极为时髦，是身份高贵的象征。在这样的环境中学习和成长，陆小曼变得越发自信起来。

自信的人，总有着令人无法抗拒的魅力，豆蔻年华的陆小曼，有着耀眼的光芒。

圣心学堂的学生出身名门，每个人都有自己的拿手才艺，毋庸置疑，她们都有机会成为那个时代的佼佼者。在这样一群竞争者中，陆小曼依旧出类拔萃。

她的成绩非常出色。她写得一手娟秀美丽的蝇头小楷，钢琴弹得行云流水；她也爱跳舞，一入舞池，便仿佛是苏醒的精灵，又如粉蝶乘风，绚烂多姿。

在陆小曼所有的才艺中，最出色的当属绘画。进入圣心学堂之前，陆小曼已经在母亲的指导和训练下打下深厚的国画基础。进入圣心学堂后，她接触了西洋油画。

东西方完全不同的文化背景、审美方式、绘画技巧不断碰撞，相互影响，极大地改变了她的创作风格，为她笔下的风光注入新鲜的活力，令人眼前一亮；同时又保留着中国画的深远意境，令人过目难忘。

一次，有一名法国客人到圣心学堂参观，看到陆小曼的一幅山水画，以为是某位名家所画，追问下来，才知道是圣心学堂学生的手笔。那名法国人很喜欢陆小曼的画，想把它买下来，但圣心学堂并不提供出售学生作品的服务，那幅悬挂在陈列室的山水画，只是作为学生绘画成果进行展示的。

一番交涉过后，这名法国人最终以资助办学为名支付了两百法郎，带走了那张山水画。陆小曼的绘画本领也因此更加为人称道。

陆小曼长得很美，不只是五官端正、外表精致，她的美，有着独特的灵韵。

读书时的她一张瓜子脸，脸上有着少女特有的圆润和健康的红晕，刘海半遮在额前，那双不大却极有神韵的眼睛，藏着明净的秋水微波。她的身材不高，却有着玲珑的婀娜，举手投足间，总能在人心上掀起阵阵涟漪。

再加上她那令人艳羡的能力，无形中在她身上凝成一道光环，将她笼罩其中。这些为她赢得了"皇后"的美称，她毫无争议地成为圣心学堂的明星，成为众人仰视的瑰丽巅峰。

每次出门，无论是去剧院还是去公园，陆小曼的身前身后总跟着很多人，他们自愿充当"护花使者"，为她拿外衣，帮她拎包，找各种机会向她献殷勤。

对于这些，陆小曼并不在意，但不知不觉中，她开始习惯这种被簇拥的感觉，仿佛任何人都应该如此对她。久而久之，她开始忘了，忘了这世间有些关注和真心是需要好好珍惜的。

无限风光

优秀的人很难被命运忽视。陆小曼生活在北京，重重门闱之外，是充斥着名望、权力与金钱的世界。

在家中，陆小曼是闺秀，是不谙世事的少女，但只需要一个机会，她便能一步踏出去，奔向更广阔的天地。

这样的机会，很快就出现了。

陆小曼17岁那年，北洋政府彻底改变了清朝末年闭关锁国的政策，大批外国使节涌入中国。频繁的活动，让当时担任北洋政府外交总长的顾维钧应接不暇。

于是，他决定挑选一名助手，既能作为陪同翻译出席活动，又能在许多应酬场合帮他分担压力。于是顾维钧来到圣心学堂，让学校推荐一名优秀的学生，要求是精通英法双语、年轻漂亮，并能参与外交接待工作。

毫无悬念，圣心学堂推荐了"皇后"陆小曼。

那时的陆小曼，不仅在圣心学堂学会了贵族礼仪，同时也在与同学的相处中锤炼了自己的社交能力。

物以类聚，人以群分，贵族子弟最重视的便是人际交往。圣心学堂虽然是一所学校，但所有学生的背后都有显赫的家族或是位高权重的长辈，这里本身就是一个小型的社交场所。

无论是学习绅士和淑女的礼仪，还是接受高雅的艺术熏陶，一切都是为了让这些出生在上流社会的学生们更早地学会如何优雅又闪耀地踏入社交场，而陆小曼无疑是这个小型社交场中最耀眼的存在。

虽然被选中，但陆小曼的学业还没有结束，她在外交部担任的是兼职工作。

谈吐大方、才情兼备的她深得顾维钧的欣赏，被聘为兼职外交翻译使节，主要负责接待外宾并进行口语翻译，同时也要参加外交部举办的外交舞会。

就这样，陆小曼从学生中的"皇后"，一跃登上了更大的舞台，她的光芒越发耀眼，她的名字也开始在北京社交界流传开来。

"南唐北陆"，在当时的社交历史中留下极为绚烂的色彩，被人们连声赞誉。"南唐"是上海的名门闺秀唐瑛，"北陆"指的便是在北京社交圈中独领风光的陆小曼。

在那个年代，家境优越的女子不少，美丽的女子不少，美丽而有才学、有素养的女子也并非只有陆小曼一人，却没人能比得上陆小曼。她的可爱，她的活泼与机敏，让她成为所有人眼中的明星，光艳四射。

因为从小浸在父母的独宠之中，陆小曼比同时代的许多女子都更加自信，性格也更加张扬，这也正是她的魅力所在。在那个女子普遍低声下气、谨记三从四德的年代，陆小曼这样的女子，一举一动中都有着无限风采。

对于自己发掘的明星，顾维钧非常满意。他曾经当着陆定的面对一个朋友说："陆建三的面孔看着一点儿也不聪明，可他的女儿陆小曼小姐却那样漂亮、聪明。"

一个人能够被人们所称道，绝不仅仅是因为美丽的皮囊。陆小曼虽然娇生惯养，却不只是一只好看的花瓶。除了靓丽的外表，她能诗善画，歌舞兼修，由内而发的自信与明媚，总是美得令人炫目，仿佛灯光下的珍宝，舞池中的精灵。

在外交部见习的陆小曼，接触到众多高官、显贵、名流或是学者。她在家中的生活已经是应有尽有，极尽奢华，但站在外交翻译的位置上，她见识和享受的，是更高级别的。

外交场合中的一切，都体现着一个国家的实力，陆小曼接待外宾时，桌上是山珍海味、清冽佳酿，住的是豪华舒适的套房，全程有人陪同，拎包、拍照。围绕在权力中心的人们，生活永远光鲜奢靡。

虽知安贫可守本心，奈何人爱纷奢，在这样前呼后拥的奢侈场面中行走得久了，陆小曼也渐渐养成了贵族习气。她的生活奢华，品味昂贵，爱好广泛，交友体面，就连追求者们也都是当时的名流子弟。

在北京上流社会的圈子里，年轻的陆小曼感受着众星捧月、"一曲红绡不知数"的荣耀。社交工作总是那样新鲜，总有初次相见的人，总有昙花一现的趣事，总是不断变化，光怪陆离，众相纷纭。

这奢华的外交场，影响着陆小曼对自己未来生活的憧憬。年轻的她迷失在这片绚烂的声名瀚海中，她的人生从此与奢华和热闹紧紧相依，再也不愿分开。

她的原则

美人如浮云，时光易逝，飞掠无痕，但有血有肉有性情的美人，却总能被人记住。

仿佛是一朵成功绽放的交际花，陆小曼周旋在权贵之间，宠爱尽收，但掀开层层轻纱，剥去她的家世和当时的身份，她内里却是一个有着真性情的女子。她骄傲直率，有时说起话来仿佛孩童一般，不愿人云亦云，更不会曲意逢迎。

陆小曼担任兼职翻译使节期间，曾经陪同顾维钧接待了来自法国的霞飞将军。

欢迎仪式上，中国仪仗队的表现并不太好，这让向来注重军容的霞飞将军很不满意，甚至感到自己受到了轻视，因此他话语中带着讽刺地问陆小曼："你们中国的练兵方式大概与世界各国都不相同吧？"

仪仗队的表现，陆小曼自然也是看在眼里，但她绝不能任由自己国家的军队被他人嘲讽，可是，霞飞将军又是外交部的重要外宾，她亦不能出言不逊，随意顶撞。

短暂的时间里，陆小曼毫不迟疑地做出了反应。她用冷静而得体的声音回答道："没什么不同，全因为您是当今世界上有名的英雄，大家见到您不由得激动，所以动作无法整齐。"

骄傲与自信，机敏和伶俐，只几句话便表现得淋漓尽致，化解了霞飞将军的不满，也维护了祖国军队的颜面，就连霞飞将军也对她的回答很是满意。

除了陪同使节检阅仪仗队，陆小曼还要陪外宾观看国粹表演，遇到外宾不客气地批评节目的情况，陆小曼总会当场反驳，解释说："不是所有人都懂得欣赏法国歌剧，同样的道理，这些节目很有中国特色，只是他们看不懂而已。"

听到这里，外宾无言以对，但因此对陆小曼刮目相看，与她的相处中多了尊重，气氛也变得融洽起来。

外交场合，向来存在着歧视与倾轧，不是针对某个人，而是源于国家与国家之间实力的差距，以及长久以来的顽固歧视。比如一些西方人，对中国人总怀着一种对"东亚病夫"的蔑视，而这种没来由的蔑视总让陆小曼无法容忍。

性格热情直爽的陆小曼，对自己不满的事也同样采取直接反击的做法，不问观者多寡，当场行动。

一次，陆小曼参加了一场中外交流宴会。宴会上，她正与几名外国友人交谈甚欢，突然听到"啪"的一声，紧接着响起嘹亮的哭声和一阵欢快的大笑。

陆小曼循声看去，发现是一名外国人为了取乐，用烟头点爆了中国孩子的气球，将中国孩子吓得当场大哭。更为恶劣的是，那名外国人不但没有道歉，还嘲笑中国孩子的胆量太小。

看着对方得意扬扬、毫无礼貌的样子，陆小曼毫不犹豫地走了过去，从那人手中拿过烟头，转身点爆了一个外国小男孩的气球。

同样是"啪"的一声，同样响起了孩子的哭声，但这次哭泣的却是那个外国孩子。陆小曼见状不紧不慢地开口说："洋娃娃的胆子也不见得大。"

说着，她优雅地转身，径直走开。

在场的人都愣住了，没有笑声，也没有议论，周围弥漫着难以置信的尴尬气氛。陆小曼却好像什么都没有发生一样，走回朋友身边，继续谈笑风生。

以其人之道还治其人之身，也许在有些人看来这样显得过于较真，但面对无理取闹的恶劣做法，以牙还牙却是最好的办法。陆小曼深知这一点，在外交场合，她从不会失礼，但也绝不可能退让半分。

年轻的陆小曼长得很美，却有着不好惹的脾气。她是霸道的，因为父母的娇惯和宠爱，更因为她对自己的信心。同龄女子中，她是佼佼者，她拥有她们无法企及的眼界，因此也有着同龄人无法体会的优越感。

大凡名门闺秀，父母都希望女儿成为气质优雅的名媛，从而跻身外交界。对于想要走上名媛之路的陆小曼来说，她想要的不只是成功人生的第一步、第二步，而是一飞冲天、一鸣惊人的巨大蜕变。

她的天赋，她的努力，在机缘来临时转眼成为扬帆长风，推送着她在最美的年华迎来人人艳羡的少年得志，也让她的成功从此一发不可收拾。

陆小曼的翻译生涯一共持续了三年之久，她见过各色的人，听过许多有趣的谈话，体验过最奢华的生活，正是这段时间的历练，让她成为社交场上的名媛，优雅而高贵。

不足 20 岁的少女,被众人追捧簇拥,飘飘然宛若花蝴蝶一般,迷醉在浓郁的芳香园圃,翩飞不知归去,又如一条美艳的游鱼,沉浸在盛赞的金粉海潮,恬然不问前路。

那时的她,光芒耀眼,而围绕着她的与爱和执着有关的故事,也悄然拉开了帷幕。

笼中鸟

绅士淑女

那是最好的年纪，也是最坏的年纪。

青春岁月，是最好的，好在此生仅有一次，好在岁月中有最明媚的阳光、最馥郁的娇花。

青春岁月，是最坏的，坏在此生仅有一次，坏在少不更事耽于幻想，与不计后果的热忱。

优渥的家境赋予陆小曼上等的生活、丰富的才学与广博的见识，却剥夺了她自主选择生活的权利。

在父母的安排下，19 岁的陆小曼嫁人了，嫁给比她年长 8 岁的王赓。

王赓与徐志摩同是梁启超的弟子，他本是官宦子弟，后来家道中落，再无家产可以继承，但他发奋读书，誓要重振家业、光复门庭。他先是考入清华大学留美学堂，毕业后获得公费留学资格，前往美国多所大学留学。

留美期间，王赓进入西点军校，曾与艾森豪威尔是同班同学。巴黎和会期间，他更是担任了中国代表团上校武官和外交部的外文翻译。

耀眼的履历和过人的才干，让王赓军职连升，很快被任命为陆军少将，摆在他面前的是光明大道。意气风发的他，向陆小曼求婚了。

前往陆家登门议婚的介绍人，是陆小曼的寄父母唐在礼夫妇。

所谓寄父母，源于当时独特的风俗。那时的医疗条件落后，孩子出生后常常夭折，生父母便会根据子女的生肖属相，在亲友中寻找与子女相配的人担任孩子的寄父母，一同护佑孩子健康平安地成长。

由于这个孩子的存在，原本相熟的两家人变得更加亲近起来。作为寄父母，唐在礼夫妇对陆小曼一向疼爱有加，能让他们亲自登门介绍的男人，自然也是能与陆小曼相配的乘龙快婿。

和当时许多名门家族不同，陆家只有陆小曼一个女儿，因此，与陆家联姻也只有一次机会。在此之前，陆家已经回绝了无数人的求婚，但这一次，陆小曼的父母动心了。

当时的时局日渐不稳，军阀割据，各怀打算。陆小曼的父亲认为，陆小曼若是能与军人结婚，日后的生活便多了一份稳妥与保障，无论是对她自己，还是对陆家，都有益处，更何况王赓本身也有着相当辉煌的前途，是不可多得的年轻才俊。

陆家一口应允了王赓的求婚，从订婚到结婚，只用了一个多月的时间。

一个是名门淑女，一个是有为军官，陆小曼与王赓的婚礼在当时极为轰动。

1922年，那场在"海军联欢社"举办的婚礼场面宏大，轰动京师。九位女傧相都是当时最有名望的千金小姐，她们中有曹汝霖、章宗祥、叶恭绰和赵椿年的女儿，还有几位英国小姐。中外来宾合计有数百人之多，而这一切，全部由陆家一手操办。

陆小曼是陆家独女，是家中名副其实的"公主"，父母不忍让她受半点委屈，他们要给她最好的一切，为她选出最般配的夫婿，为她办一场最好的婚礼，也为她规划了最好的人生道路。

就这样，在亲朋好友的祝福声中，在显赫名流的瞩目之下，陆小曼风光出嫁，成了军界名流的太太，也成了金丝笼中的娇莺。

有些事不能细思，因为在那些繁华美好的背后，总藏着令人感叹的隐忧。

早早便接受了西方新式教育的陆小曼，仍旧逃不脱两千多年以来一直延续的传统。她遵照父母的安排嫁作人妇，按照父母的意愿履行着这场婚姻，扮演着新娘的角色，却不知该如何点燃自己全身心的热情。

爱情是什么呢？她没有经历过，也回答不了。结婚对她而言似乎没什么不好的，但到底哪里好，她道不清，也说不明。

她不再去学校，也不再兼任外交部的翻译工作，遵从疼爱自己的父母的安排。她有了他人眼中金童玉女一样般配的婚姻，用相识一个多月时间，换来相伴一生的承诺。

男欢女爱也好，举案齐眉也罢，对陆小曼来说都只是写在书本里、发生在他人身上的故事。她喜欢看小说，喜欢看那些爱恨情仇、悲欢离合，那些忍着泪的笑和哭着说出的爱，让她浮想联翩。但对于爱情，对于婚姻，19岁的她仿佛白纸一张，只待与她结发的那个人，在未来的时光中提笔轻描，为她画眉又画心。

枉自多情

年轻的女子，总有着花一样的面孔，有花的颜色。花的娇柔，花的芬芳，陆小曼便是这样花一般的存在，有着令人过目难忘的美好。

在圣心学堂读书时仍未脱去的几分稚嫩，早已被数年游走北平社交界的成熟取代。初为新妇的她，按照当时流行的样式盘起长发，露出精巧和白皙的脖颈，微微上挑的眼角牵着柔情，长长斜飞的眉梢挂着娇俏，鼻梁高挺，薄而红润的唇瓣总能勾出悦人的弧度。

她坐于案前执笔书写的纤纤玉手，她俯身描画时自袖间探出那一段恰到妙处的藕臂，一切都是那样迷人。

就像从唐玄宗笔下的小令中走出一般，她是"宝髻偏宜宫样，莲脸嫩，体红香。眉黛不须张敞画，天教入鬓长"。有着倾国之貌的女子，自然要像小令中写的那样，"嫁娶个有情郎"，趁着"彼此当年少，莫负好时光"。

自幼便被捧为掌上明珠的陆小曼，无论走到哪里都是一道不可不看的风景，正因为如此，她的性格中有着天然的骄傲，同时也有着可爱的孩子气。

这样的一位太太，本应在婚后的生活中获得无穷的欢乐与情致，但有些婚姻就像一池深潭，任何多彩的颜色落入潭中，最后都只剩下静寂的倒影，徒劳地映照着天空，最终凝固成无声的叹息。

王赓对陆小曼是疼爱的，但他是一名军人，无论是性格、习惯还是行事作风，都有着早已融入骨血的严谨与刻板。而陆小曼之前的人生何其光艳鲜活，如今跨入围城，失却了光怪陆离的社交场，面对着沉稳却情绪毫无波澜的丈夫，她突然觉得无聊、寂寞，进而引发了难以言说的苦楚。

她的苦楚，既不是因为金钱和物质，更非婚姻生活破裂，而是被空虚感紧紧包围起来。明明是看不见的空虚，却仿佛有着实体和重量，充斥在家中，伴随着她的一举一动，无时无刻不让她感到压抑，感到消沉，感到生活似乎毫无意义。

作为一个事业正处于上升期的有志青年军官，王赓在工作中兢兢业业。他早出晚归，就算回到家也埋头于公务中。他在属于自己的事业上越发出色起来，但这份事业，却是陆小曼无法参与的。

衣食无忧的人，最易无聊，无须工作的陆小曼有大把时间感受空虚和寂寞，看着日影移动，从长到短再拉长，数着时日。因为沉闷，昼与夜都变得更加冗长，而她在时间的流逝里逐渐麻木、茫然，渐渐地不知何以自处。

为了打发时间，陆小曼再次回到交际场上，她频繁地出去应酬，想借舞会的热闹与谈资的丰富填补精神空缺。可是，她挥霍掉的只有时间，消磨掉的只有希望，扎根在心底的孤寂却宛如醒不过来的梦，如影相随。

这不是她想象中的婚姻，也不是她所渴求的生活。

少女怀春，初经人事，她何尝不想体会夫妻恩爱？她渴望与丈夫琴瑟和谐，渴望体会夫妻同游的尽兴，享受共听戏曲的闲适。在她的内心深处，无数次描摹的，都是相濡以沫岁月中的风花雪月。

但这些，王赓没能给她。作为丈夫，他是尽责的。他给了陆小曼优渥的生活、安心的依靠，给了她妻子的名与实，给了她军官太太的荣耀与光鲜，却独独没有开垦她心灵上的荒芜。

他没有走入陆小曼的内心。她想要的，她不断追求和渴望的，是他无法也无从理解和体会的，他终究没能俘获她的心。

他有自己的雄心壮志，她有自己的少女情怀，他全心地呵护她，她由衷地敬重他，却始终像是身处两个世界的人。他们中间不仅横亘着鸿沟，还有一道无形的墙，阻隔了所有走入彼此心中的可能。

婚后平淡的生活，一次次努力走近对方却最终失败的结果，就这样慢慢磨尽了陆小曼的耐心与幻想。日复一日，她成了围城中的囚鸟，懒散、怠惰，不再歌唱，也不再仰望天空。自由翱翔的感觉，她已渐渐遗忘。

那时的陆小曼还不知道，当她在静如深潭的婚姻中苦苦支撑时，那个同样曾如笼中鸟一般的徐志摩，刚刚拼尽力气，不惜背上"负心汉"的恶名，挣脱了自己视作牢笼的传统禁锢，勇敢迈出通向自由人生的第一步。

硖石少年

人生总有不同的悲喜与哀乐，但每个人都会受到自己家庭的影响，或多或少，或深或浅，从年少到离家闯荡，哪怕相隔千里，仍然改不掉、摆不脱。它种在意识的最深处，随时都会开出一地花影，照见每个家族潜移默化的延续。

时间回到1897年1月，在浙江省海宁县硖石镇，商人徐申如的儿子诞生了。

早在16世纪初的明朝正德年间，一个叫徐松亭的人来到硖石地区经商定居，从此有了硖石的徐氏分支。徐家世代经商，家业丰厚，徐申如也凭借庞大的祖业成为清末民初的实业家。他早年独资经营徐裕丰酱园，到1897年更是与人合股创办了硖石镇的第一家钱庄——裕通钱庄，之后又开设人和绸布号。随着他的独生子慢慢长大，徐申如也成为远近著名的硖石首富。

遵照族谱排序，徐申如为儿子取名为章垿，字槱森，当时的徐申如还不知道，章垿这个名字并不会伴随这个孩子很久。1918年，当儿子前往美国时，他为其另取的名字志摩，却如晴夜明星，晶亮地高悬在文学的浩瀚天空中，久久闪耀。

作为徐家这一辈的长孙、徐申如的独子，徐志摩在优渥舒适的环境中长大。长辈对他的疼爱与关注，不仅体现在生活上，也体现在对他的教育上。

徐家虽世代经商，却深知读书的重要性。1900 年，年仅 3 岁的徐志摩便开始在家接受启蒙教育，并有了自己的家塾老师。1908 年，他进入硖石开智学堂，在那里，他打下了深厚的古文功底。

徐志摩自小聪慧，进入学堂后成绩也一直非常优异，他是徐家的骄傲，也是硖石地区数一数二的好学生，从小到大，他都生活在长辈的呵护和众人的赞扬声中。

一个人的少年时代，正是思想和认识变化最为剧烈的阶段。随着岁月流逝，经历过的新鲜事、不经意间推开的思想之门和打开的眼界，都将影响其后的人生选择。

1910 年，徐志摩离开家乡到杭州求学。在表叔沈钧儒的介绍下，徐志摩考入杭州府中学堂，与他同班的有郁达夫和厉麟似，前者后来成为现代爱国主义作家、革命烈士，后者则成为中国近现代教育界代表人物、外交家、语言学家。

1912 年，中华民国成立，"新教育运动"也在国内开展起来，很多学校都进行了教育改革，开始推行新式教育。1913 年，杭州府中学堂改名为浙江一中，成为现在浙江省杭州高级中学和杭州第四中学的前身。

中学时代的徐志摩依旧热爱文学，他在校刊《友声》第一期上发表了自己人生的第一篇作品。在这篇题为《论小说与社会之关系》的论文中，他提出了小说有益于社会的观点，认为应该竭力提倡推广。

辛亥革命之后，随着民主与科学思想的传播，徐志摩对科学也产生了兴趣。除了文学作品，他还接连写下《镭锭与地球之历史》等文章。

接触到的东西越多，涉猎的方面越广，便越发感受到自己的无知。在求知若渴的道路上，徐志摩迈着飞快的脚步。对于未来，对于外面的世界，他充满着强烈的向往与单纯的渴望。

缘分是一种很奇怪的东西。不知何时，不知何地，也不知是何种原因，让两个从前不相识的人有了关联。

当徐志摩意气风发地将自己的第一篇文章发表在校刊上时，他根本不曾想到，这篇作品足以改变他之后的人生。

当时，担任浙江都督朱瑞秘书的张嘉璈来到浙江一中巡查，刚好看到徐志摩的《论小说与社会之关系》，不禁大加赞赏。他认为，这篇作品如此不凡，背后那个才华横溢的年轻人，假以时日必然能拥有无量的前途。

张嘉璈，字公权，是上海宝山县罗店巨富张润之的第四子，1906 年赴日本攻读经济学，后来成为著名的银行家、实业家，被人们誉为"中国现代银行之父"。

张家子女众多，看过徐志摩的文章，张嘉璈决定为自己尚在闺中的第二个妹妹张幼仪定这门亲事。于是他以兄长的身份写信向徐家提亲。收到信，徐申如大感荣幸，他虽是硖石当地的富商，但与张润之相比却差距甚远。

这门婚事就在兄长、父母的商谈下，很快定了下来。那一年，徐志摩只有 16 岁，而他未来的妻子张幼仪才刚刚 13 岁。

一个是鲜衣怒马、意气风发的少年，一个是豆蔻初开、韶华正好的少女。

那一年，家人为他们定下世俗眼中的美好婚姻，却也为那个藏着忧郁气质的少年、那个渴望新鲜自由空气的少年打造了一个精致的笼。他拼尽全身力气，撞到头破血流，才最终挣脱开来，飞向那片让他翘首以待的清明天地。

爱的代价

婚后三年

眼前是崭新的世界，脑中是崭新的观念，心怀崭新的向往，但终身大事却是旧式的，这样强烈的对比，仿佛从一开始便注定了这段婚姻的不幸。

看过彼此的照片，她说"我没意见"，他却脱口而出，说她是个"乡下土包子"。

生于 1900 年的张幼仪，原名张嘉玢，幼仪是她的乳名，寓意善良端庄。在张家八子四女中，张幼仪排行第八。

她背后的张家，是宝山当地富商，办有电灯厂、布厂、蚕丝厂、酱园、钱庄等等。她的祖父是清代知县，父亲是当地著名医生，二哥张君劢留学日本、德国，后来成为中国著名的政治家和哲学家。

3 岁那年，被母亲缠足的张幼仪哭喊得很厉害，二哥便为她求情，让她成为张家第一个拥有天足的女儿。12 岁那年，她在《申报》上看到苏州师范学校正在招生，便请求父母送她去上学。

她独自一人前往苏州的新式学校，接受先进的女子教育，独立安排自己的学习和生活。这样自在的生活，张幼仪只过了短短三年。1915年，她还没有完成学业，就被父母接回家中。

那一年的10月，她成了徐志摩的妻子，徐家的儿媳。

成亲的那一年，徐志摩从浙江一中毕业，考入上海浸信会学院暨神学院（沪江大学前身），成为一名大学生，也成为一个有家室的男人。

少年不再，追求自由的梦想却随着时间流逝变得越发强烈。

结婚那天，虽然仪式是传统的，但张幼仪还是按徐志摩的要求穿上了粉红色的丝裙礼服。礼服的外裙上还绣着龙，和她头上的凤冠相映生辉。

她是那样的温柔贤淑，以至于徐志摩竟道不出她的一丝不好，但他们之间却一直隔着一层纱，无从触碰，也不愿去触碰。

因为孝顺，徐志摩遵从了父母的安排，纵使对自由的渴望在他的胸中澎湃，在他的梦中萦回，他依旧顺服地接受了自己作为徐家独子的命运。

他厌恶无法抗争的命运，厌恶这样的自己，也因此冷淡了张幼仪，而此时的张幼仪，尚不知自己做错了什么。15 岁便嫁入徐家的她，遵从自小接受的教育，成为一名循规蹈矩的好妻子。她放弃了去寄宿学校读书，不再出门访友和购物，守着那一方宅院，数着时序更迭。

徐志摩的生活却完全不同，成婚之后没过几个星期，他便再度离家求学，寻找全新的生活。

1916 年的清秋，不安于浸信会学院的课业安排，徐志摩离开上海，北上进入天津北洋大学（即后来的天津大学）预科攻读法科。1917 年，北洋大学法科并入北京大学，徐志摩也随着一起转入北大。

在北方读书的两年，徐志摩不仅钻研法学，还攻读了日文、法文和政治学。大量阅读中外文学作品，让他对文学的兴趣越发浓郁。

志同道合的人，更容易结为朋友。在求学似渴的环境中，徐志摩广结名流。1918 年 6 月，他更是在张君劢和张嘉璈的介绍下拜入梁启超门下，经过隆重的拜师大礼，他成了梁启超的入门弟子。

那时，军阀混战，政治黑暗，徐志摩将社会的陈旧腐朽与人民的无辜苦难看在眼中。他开始盼望前往国外留学，以便寻求改变现实的方法，实行自己"理想中的革命"。

他很忙，忙于学习，忙于进步，忙于追求和创造更好的人生；而张幼仪，只能一直守在家中等待，等春去秋来，等每一个假期，等徐志摩的背影，越走越远，越走越快。

好男儿志在四方，尤其尚在发奋图强的年纪，没人能指责徐志摩的勤勉，却也无人能体会张幼仪的寂寞与无助。结婚 3 年，他们共同生活的时间竟然不足 4 个月。

从闺阁到女子学校，最终嫁作人妇，爱情到底是何种模样，张幼仪并不懂得。新婚宴尔的甜蜜与喜悦，她也不曾品尝。

背负着家族传统与沉重的期望，一双眼却看着前方那无比明亮的天地，婚姻的美满与幸福，徐志摩不曾拥有。

结婚 4 年的两个人，仿佛只是偶尔住在一处的陌生人，不相熟，不贴心，更不能温暖彼此。

身为独子的徐志摩，承担着为徐家传宗接代、开枝散叶的责任。1918 年，徐志摩与张幼仪的长子徐积锴出生了，这个孩子算不上他们爱的结晶，却依旧成为徐家极受疼爱的孙辈。

这一切，对徐志摩来说仿佛跟他毫无关系，他不断地向外眺望，早已将张幼仪母子和他的传统家庭放在身后，不看，不听，不问，更不肯在意分毫。他背对着他们，一整颗心早已飞上九霄云外，亟待寻觅一方充满爱与自由的乐园。

情迷伦敦

有些人虽然活在当下，梦想却总在无法触及的远方。

为徐家添丁的徐志摩，仿佛完成了一项任务，他感到自己的人生可以就此得到解脱，于是便向父母提出想要出国留学。在征得父母的许可之后，徐志摩决定前往美国。

当他拜在梁启超门下时，距离出国留学只剩下两个月，为了给这个才华出众的学生壮行，梁启超还特别写信鼓励徐志摩，并将《饮冰室读书记》赠给他。

带着师长和徐家、张家的期望，徐志摩离开北京大学，1918 年 8 月 14 日从上海出发，乘船前往美国。

在美国留学的第一年，徐志摩进入克拉克大学历史系，同时选读了社会学、经济学等课程。经过 10 个月的学习，他以优异的成绩毕业，不仅获得了学士学位，还获得一等荣誉奖。

之后，徐志摩转入纽约哥伦比亚大学研究院攻读经济学，同时也广泛地接触了政治学和各种哲学思想。

1919 年，受五四运动影响，徐志摩胸中的爱国情怀被彻底点燃，他开始参加当地留学生组织的爱国活动，同时阅读《新青年》《新潮》等先进的杂志。受到"五四"之后新文化运动的影响，他的学习兴趣也逐渐转向文学，最终获得了文学硕士学位。

1920年9月24日，徐志摩放弃了哥伦比亚大学博士头衔的诱惑，横渡大西洋，先在巴黎暂住，之后前往英国伦敦继续读书。

抵达伦敦后，他进入伦敦政治经济学院，跟随拉斯基攻读政治学和社会学的博士学位，雄心勃勃的他一连注册了六门课程，斗志昂扬。

但没过多久，徐志摩便失去了最初的热情，他开始不断逃课，心情也变得越发烦闷起来。在伦敦的学习生活，逐渐地变成了一种"混"。就连学院向他的导师拉斯基询问徐志摩的情况，拉斯基也表示自己的确见过徐志摩，但不是关于学业的问题。

琐事只会扰人，人事却能扰心，徐志摩的烦闷并非因为学业上的不顺利，恰恰相反，正是因为他心情烦闷导致无心钻研学习，才让一向好学的他在伦敦"混"起了日子。

这一切的烦恼，都是因为他遇见了一个无论如何也无法得到的女子。

在秋日的伦敦，徐志摩认识了出国访问考察的林长民，还有他灵秀动人的女儿林徽因。

林长民是前北洋政府司法总长。五四运动前夕，林长民因控诉巴黎和会内情被当局迁怒，处境危险。当时的总统徐世昌为了保护林长民，委派他以"国际联盟中国协会"成员的身份前往欧洲进行考察，暂时躲避风头。

那一年，林徽因 16 岁，天资聪慧的她受到西洋文化的熏陶，性格越发活泼，浪漫多情。她有睿智的谈吐、迷人的笑容，仿佛是春天花丛中的缪斯，徐志摩就这样被她深深地迷住了。

频繁的书信来往，锲而不舍的追求，热切赤诚的表白，徐志摩用情至深，终于打动了林徽因的心。作为父亲，林长民并不干涉林徽因的感情，他也认为徐志摩是不可多得的人才，但在谈论进一步发展之前，林长民要求徐志摩先处理好自己的事情——与妻子张幼仪离婚。

这个要求难住了徐志摩，张家是世家，很多人在政界和金融界身居要职，而他与张幼仪的婚事是遵从父母之命、媒妁之言，想要离婚谈何容易。

可是，这个要求也无可厚非，一向提倡新风的徐志摩，怎么可能像旧式的传统老爷那样娶几房太太呢？他爱林徽因，他必须给她完整的、没有任何杂质的、纯粹的爱。

如果无法开口，也许回避才是最好的选择。可是，徐志摩根本无法逃避。1920 年年底，在哥哥的鼓励下，张幼仪将年幼的孩子留在家中，只身前往欧洲陪伴徐志摩。在海上度过了三个星期后，张幼仪抵达马赛。

在来接船的人群中，有身穿黑色毛大衣，围着白丝巾的徐志摩。接到妻子后，徐志摩先带她前往百货商场，买了整套的衣服和皮鞋，重新打扮。

在那片完全陌生的土地上，张幼仪穿着新买的洋装，拍下自己与徐志摩唯一的一张合影，寄回徐家报平安。

那个出奇清丽、美好的女子就在眼前，而自己身边却立着一个"乡下土包子"。身边的这位送不走，就永远无法接近心中的那一位。

徐志摩的烦闷与日俱增，几乎到了无法抑制的程度。学业上的止步不前，也让他感到茫然不知所措。

在伦敦期间，在林长民的介绍下，徐志摩与英国作家狄更生相识，并成为朋友。狄更生看出徐志摩的忧愁与烦闷，于是劝他离开伦敦到剑桥大学去。

1921 年的春季，徐志摩到达剑桥，并在狄更生的推荐下，以特别生的身份进入皇家学院研究政治经济学，而林徽因则前往苏格兰读书。

从此，伦敦的雨雾蒙蒙，成为书信中淡淡的忧愁，眼前取而代之的是康河上桥影与柔波的共舞，还有一份越发渺茫而无可宣泄的思念。

在沙士顿

剑桥有着悠久的历史，古老的学院、恢宏的建筑、如诗的风景，以及荡漾在空气中的学术气息，都有着令人沉醉的美。

剑桥大学的中国留学生很多，他们组成了自己的俱乐部，谈论的话题永远是新奇的，紧随思想潮流。在剑桥，徐志摩如鱼得水。他与英国名士交往，涉猎世界名家名作，他的政治观念和社会理想都在不断成熟，创作的愿望也变得越发强烈。

他开始翻译文学著作，写下许多诗篇，用自己"心灵革命的怒潮"，尽情地冲泻在康桥"妩媚河中的两岸"。他从对文学的爱好，一步步转向浪漫主义唯美诗人的道路，在新诗的创作中一发不可收拾。

他需要宣泄，将那些不被理解的情绪写入诗行。离开让他神魂颠倒的林徽因，离开让他消沉倦怠的伦敦，他那烦闷的情绪却是有增无减。

无法相见，不代表不会想念，被他藏在心中的林徽因越发翩然灵动，音容笑貌仿佛能从信纸上跃出，而日日目之所及，却只有敦厚的张幼仪。在不断的对比中，徐志摩的内心再无片刻宁静，曾经以为无碍的婚姻枷锁，如今已彻底成为他追求新的生活、新的自由、新的完整的爱的最大阻碍。

一个人如果变了心，那么曾经能容忍的一切，都会变得无法容忍，这样的生活，对徐志摩来说每时每刻都是一种折磨。

张幼仪来到英国后，徐志摩无法再去住学生宿舍，于是他带着张幼仪搬到距离剑桥大学6英里^①的小镇沙士顿。沙士顿在康河上游，风景很美，是当地的富人区。但这里距离剑桥校区的距离，根本无法步行到达。为了上课，徐志摩只能骑自行车或是乘坐巴士去学院，时间久了，他感到很不方便，甚至有些疲于奔命。

在留学生的俱乐部，徐志摩总能参与最时髦的社交话题。他可以穿着衬衫与毛料外套，喝着咖啡、拿着香烟，与人侃侃而谈，但当他回到沙士顿的居所，一切光明都沉睡，一切欢喜都哽咽。只要看到在洋房中忙碌的张幼仪，他便仿佛被再一次拉回到过去，仿佛回到硖石那沉寂的老宅，幽深又没有生气。

在沙士顿的"王子居"，住着两个陌生人：一个是追求浪漫自由的先锋青年徐志摩，他日日研读，吟诗作文；一个是思想被困在徐家四合院里的大脚媳妇张幼仪，她每日

---

① 1英里等于1609.344米。

打扫，持家买菜。他对她不屑一顾，她想尽办法却没有任何收效。

被迫的相处最折磨心性，在剑桥的求学经历让徐志摩心神愉悦，但在沙士顿的家庭生活却越发地不愉快起来。

朝夕相处的生活，让徐志摩越发感到自己与张幼仪并非同一个世界的人。为了能与林徽因有进一步的发展，也为了自己苦心追求的自由与解放，想要离婚的念头在他的脑海中变得越发强烈起来。

可是，张幼仪却告诉徐志摩，她怀孕了。

那是春季里发生的事，与伦敦不同，剑桥的天气总是晴朗，春日更是美妙如画，但徐志摩的心情沉重异常。这个消息犹如晴天霹雳，彻底击碎了徐志摩想要尽快离婚的想法。

但徐志摩并没有放弃，他丝毫不考虑张幼仪的感受，也没有考虑可能出现的危险，直接命令她打掉那个孩子，与他离婚。

张幼仪的痛苦，他虽看在眼里，心里却丝毫感觉不到一丝波澜。

在沙士顿，徐志摩每天都去理发店，更确切地说，是去理发店取信，取林徽因寄来的信。女人的直觉何其敏感，早在伦敦时，张幼仪便察觉到徐志摩已经另有所爱，却从没想过自己会因此被抛弃。

1921年8月的一天，徐志摩告诉张幼仪有一位女性朋友要来拜访。张幼仪以为，来的人便是徐志摩爱上的女人，也是他准备迎娶的第二位太太，但来的人却是徐志摩的普通好友，从爱丁堡大学毕业即将回国的袁昌英。

送走袁昌英，不明真相的张幼仪评价说："她看起来很好，可是小脚和西服不搭调。"

那一刻，像是被触碰了逆鳞，徐志摩压抑许久的愤懑瞬间爆发，他尖声地叫道："我就知道，所以我才想离婚。"

说出的话覆水难收，更何况这些话彻底暴露了徐志摩的真实想法。他再也无法面对张幼仪，一个星期之后，徐志摩不告而别，从张幼仪的生活中消失了。

他写下的诗歌有多浪漫，此时便有多绝情。在与故土远隔重洋的沙士顿，张幼仪被抛下了。那时的她不懂英文，还怀着四个多月的身孕。

徐志摩想要的爱是自由的，但这爱的代价太高，高到惊世骇俗，高到令很多人义愤填膺，令人唏嘘、不齿，但他又是勇猛的，明知不可为而为之，明知会迎接怎样的风雨，他也依旧执拗向前，挺直脊背，寻那梦中的自由与解放。

天空与大地

新式离婚

离开张幼仪之后，徐志摩回到剑桥校区，投身于知识的深海中，而张幼仪在二哥的支持下留下了腹中的孩子，前往巴黎投靠二哥，之后前往德国柏林。

她依旧写信给公婆，风轻云淡地报告平安，却只字不提徐志摩要离婚的事。

1922年2月下旬，张幼仪在柏林生下次子彼得，取名徐德生。没有丈夫的陪伴，张幼仪生产时身边只有自己的七弟。

但徐志摩并没有忘记她，更没有放弃与她离婚的念头。当她出院回家时，发现徐志摩托朋友送来的信已经在那里等着她。内容无他，只有离婚。

信是吴经熊送来的，张幼仪告诉吴经熊，她要见徐志摩，不然她不会同意离婚的。在她的坚持下，分别半年的两个人终于见面了。

不顾张幼仪刚刚产子的虚弱，徐志摩焦急地希望张幼仪与自己马上离婚。

当张幼仪提出离婚应该先请示父母时，徐志摩断然拒绝。他急不可待地要张幼仪在离婚协议上签字，只因为林徽因与父亲林长民回国的日期已经临近。

那天在场的还有金岳霖、吴经熊等人。离婚协议是徐志摩单方面草拟的，一式四份，应当签名的地方早已写好名字，只少了张幼仪一人的签字。

张幼仪平静地在离婚协议上签了字，并对徐志摩说："你去给自己找个更好的太太吧！"

这是中国历史上依据《民法》履行的第一桩西式离婚案。一向走在思想前列的徐志摩，在自己的婚姻大事上也开了中国的先河。

离婚后的徐志摩仿佛重获新生，心情自由得仿佛出笼的飞鸟，欢欣雀跃。

离婚后不过三个月，他写下《笑解烦恼结》送给张幼仪，庆贺他们双方的解脱："忠孝节义——咳，忠孝节义谢你维系，四千年史髅不绝，却不过把人道灵魂磨成粉屑……来，如今放开容颜喜笑，握手相劳；此去清风白日，自由道风景好。听身后一片声欢，争道解散了结儿，消除了烦恼！"

徐志摩的烦恼结的确是彻底解开了，他甚至无心关注张幼仪的感受。在他看来，他结束的是一场只有烦恼的婚姻，他为自己的解脱庆祝，认为张幼仪同样也获得了解脱。

如果婚姻没有爱，只会演变成苦痛的悲剧，而真爱能让人奋发，让人觉醒。为了追求真爱，可以抛却伦理道德，抛开忠孝节义。只要两情相悦便已足够，任他万人指责，自可轰轰烈烈。这是徐志摩的爱情观。

告别张幼仪，徐志摩欢乐得像是天上流云，随心所欲，飞逝变幻，他的脚下几乎生出翅膀，急不可待地飞奔向林徽因的住处。

但向来命运弄人，当徐志摩再次来到林徽因和林长民在伦敦的住所，却发现他们已经提前结束访问回国了。

他终究是来迟了，不是离婚太迟，而是他对林徽因的感情发生得太迟了。

林徽因虽然知道徐志摩有妻子，但直到见过张幼仪之后，她才惊觉自己的存在对张幼仪造成了多大伤害。经过一番思量与挣扎，林徽因决定抽身而退。因为担心自己的理智无法战胜感情，因为担心在错误中越陷越深，她向父亲请求提前回国。

她给徐志摩的，只有一封信。

我走了，带着记忆的锦盒——里面藏着我们的情，我们的谊，已经说出和还没有说出的话——走了。我回国了，伦敦使我痛苦。我知道您一从柏林回来，就会从火车站直接来我家的。我怕，怕您那沸腾的热情，也怕我自己心头绞痛着的感情，火，会将我们两人都烧死的。

她承认自己的怯懦，面对将会引起的亲友的误解和指责、社会的非难，她感到无力抗争，她将自己比作"暮夏的柳条"，脆弱得经不起什么风雨，所以她"降下了帆，拒绝大海的诱惑，逃避那浪涛的拍打……我理解您对真正爱情幸福的追求，这原也无可厚非……尽管幼仪不记恨于我，但是我不愿意被理解为拆散你们的主要根源"。

林徽因走得决绝匆忙，徐志摩仿佛彻底失去了在英国的全部意义。他匆匆结束自己在剑桥一年半的学业，于1921年9月回国。

没有值得记录的成就，没写出学位论文，更没取得学位，他就这样追回国内，打算轻装上阵，追求属于自己的幸福，追求那只有爱与理解的自由纯粹的精神伴侣。

回国后，徐志摩按捺不住重获"新生"的喜悦，他做的第一件事，就是将自己离婚的消息公之于众，也向林徽因表示决心。

11月初，他在报纸上刊登了《徐志摩、张幼仪离婚通告》，其中这样说："现在含笑来报告你们这可喜的消息（离婚），请你们（父母和所有人）参与我们的欢畅。"

灵魂伴侣

一时间，轩然大波平地而起，徐志摩成了名人。虽然坊间传言全都是指责，徐志摩却觉得自己做了一件开天辟地的大事。

徐志摩的离婚，完全是先斩后奏。张家和徐家都是当时当地的名门和富商之家，他与张幼仪离婚，几乎不可能得到他们的同意。徐志摩不知道张家会有何回应，但他的父亲徐申如无论如何不会答应，一旦长辈出面干涉，这桩婚姻就离不成。

所以，从提出离婚到签下协议，这一切徐志摩都没有告诉过家人，而向来忍辱负重的张幼仪在家信中也不曾提起此事。当徐志摩发表通告，向所有人宣布离婚消息时，一切都已成定局。

与徐志摩想象中的不同，徐申如得知此事并没有大发雷霆地兴师问罪，徐志摩甚至心存侥幸地以为父亲默许了他的所作所为。直到他回到家，才知道事情根本没有他想的那么简单。

他的离婚，的确是轰动全国的大事，但也让徐家蒙羞，成为众人的笑柄。

面对父亲暴风骤雨般的愤怒，徐志摩依旧理直气壮。

他既然已经登报，便是孤注一掷，根本不在乎别人怎么看怎么说。即便父亲提起徐家和徐家的族亲长辈，以及两个年幼的孩子和被迫流落异乡的张幼仪，徐志摩也不觉得愧疚，他想到的都是自己的痛苦，无法获得自由和新生的痛苦。

徐申如对张幼仪万分愧疚，更为自己儿子的薄情寡义感到愤怒。他告诉徐志摩，只要张幼仪不同意离婚，他们的离婚协议便不算数。但张幼仪却在回信中说，他们的确已经离婚。

一段在父母长辈眼中美满的婚姻，就这样在对新世界的追求中摔得粉碎，一片片折射出的色彩，分不清是自由的光芒，还是传统的沉淀。

当离笼的鸟儿飞越汪洋大海，却发现心中向往的花园已经对他大门紧闭，再没有甘甜的鲜果与惬意的阴凉。花园里依旧鸟语花香，却将他隔绝在外。

回到国内的徐志摩，本想与林徽因再续伦敦情缘，却得知林徽因已经与老师的长子梁思成定下了婚事，这让徐志摩非常震惊。

林家与梁家本是世交，林徽因与梁思成少年时便已经相识，如今在双方长辈的撮合下，很快相熟起来，渐渐走到一起。

这是徐志摩无法接受的，他之前的一切努力，一切抗争，不都是为了林徽因吗？在他看来，如今林徽因只是订婚，还有可以争取的余地，他要放手一搏，才能不负此生，不负一个"爱"字。

于是从1923年开始，他不顾众人的规劝和阻止，对林徽因展开了热烈的追求。他经常去找林徽因，甚至在林徽因和梁思成约会时也厚着脸皮跟着。若是他们到图书馆看书，徐志摩便在图书馆外一直徘徊。

在爱面前，徐志摩可以什么都不管不顾，他拼尽全力传达自己那深切的爱，但这样的执着，让林徽因、梁思成感到非常为难，特别是林徽因。

许多人开始嘲笑徐志摩，说他为了追求林徽因与结发妻子离婚，闹得世人皆知，可惜红颜无意，而他是竹篮打水一场空，还背上了缺乏道德、忠孝全无的骂名。

曾经的离婚通告有多轰动，后来外界的嘲讽就有多激烈。面对种种不如意，徐志摩并没有沮丧，他早料到自己会被推上风口浪尖。

即便如此，他也早已抱定了追求新思想的决心。在他的心中，爱情是人生真正的主旋律，道德、忠孝与它相比显得黯淡了许多。正如他在通告中强调的人道一样，他将这种新时期的精神定义为能够不顾一切，与自己爱的人结婚，才是真正的自由与人道。

出面劝说的人很多，但徐志摩毫不在意，直到他收到自己的老师、林徽因未来的公公梁启超的信。信中，梁启超要他万不可用他人的苦痛换取自己的快乐，更苦口婆心地告诫他，恋爱固然神圣，却是命中的可遇不可求，劝他切勿沉迷于不可得的梦境之中，在挫败中失去热情与希望。

徐志摩向来尊敬老师，但面对老师的劝诫，他依旧不为所动。在写给老师的回信中，他称自己肯冒天下之大不韪，全力奋斗，只为求得良心的安顿，只为确立真正的人格，获得灵魂的救赎，他要做那个突围而出的勇士。

爱是可遇不可求，却不能不去追求争取。

我将于茫茫人海中访我唯一灵魂之伴侣；得之，我幸；不得，我命，如此而已。

对徐志摩来说，林徽因便是他认定的灵魂伴侣。或许他们之间的缘分只有伦敦那惊鸿一瞥，或许真像人们所言，爱从来是可遇不可求，但无论如何，他都要拼命争取一次。为了抚慰自己孤独的灵魂，为了开创真正自由的先河，他要用最勇猛的努力，像寻找沧海遗珠一般，找到那抹倩影，让她永驻心间。

爱神失恋

爱而不得，心肠煎熬，辗转反侧，寤寐思服。深切而热烈的爱意无处安放，只在心底不断回荡，掀起悸动的惊涛，最终聚成汹涌的诗情。

从 1923 年到 1924 年春末，对爱的渴望和孜孜不倦的追求，将徐志摩推上诗歌巅峰，让他在文学上大放异彩。他的才情与浪漫，在那段时间里淋漓尽致地洒遍书信和作品。

他不再担任松坡图书馆第二馆的英文干事，1923 年春天，他被聘为北京大学英文系教授，并在《努力周报》《晨报副刊》等刊物上频繁发表诗文，名扬京城。

满怀浪漫主义诗情的徐志摩，除了喜爱拜伦和雪莱，更是对诗坛泰斗泰戈尔崇拜万分。1923 年，徐志摩在石虎胡同 7 号（今小石虎胡同 33 号）创办了新月社。

这是"五四"以来最大的文学社团，以探索新诗理论和新诗创作为主要活动，成员包括热爱文学的胡适、梁实秋、闻一多等人。这群志同道合的人，先是通过聚餐的形式交流，之后慢慢发展成俱乐部，喜爱诗歌的林徽因也在徐志摩的邀请下加入了新月社。

徐志摩对新月社很满意，"房子不错，布置不坏，厨子合适，什么都好……有舒服的沙发躺，有可口的饭菜吃，有相当的书报看"；外面还有一个小小的庭园，美得很悠闲。而"新月"这个社名，正是徐志摩向泰戈尔诗集《新月集》的致敬，他希望他们的思想和作品能像新月一般，用纤弱的一弯"怀抱着未来的圆满"。

怀着追求未来的圆满的勇气，1924年年初，徐志摩向林徽因求婚，毫无悬念地，他被拒绝了。于是在那个春节，闷居硖石老家的徐志摩在给英国友人的信中这样哀叹道："丘比特的箭或许永远地拒绝了我的光临，这是我思想麻木、精神空虚的原因。"

命运从不会吝惜给人以希望，再用无情的冷水浇熄那复燃的火焰。

就在徐志摩为求之不得而颓丧时，梁启超和蔡元培以北京讲学社的名义邀请泰戈尔4月访华。

为了迎接泰戈尔的到来，徐志摩提前抵达上海做准备。4月12日，泰戈尔一行人抵达中国，从上海到北京，沿途的游览活动和演讲，徐志摩一直作为讲学社派出的翻译全程陪伴。

1924年5月7日是泰戈尔63岁生辰，在徐志摩等成员的精心策划下，新月社为他举行祝寿会，并用英文演出了泰戈尔创作的《齐德拉》。

这场演出汇集了梅兰芳等众多京城名人前来欣赏，盛况空前。

剧中参演者皆是当时名人，林徽因饰公主齐德拉，徐志摩饰爱神，刘歆海饰男主角，林长民饰春神，梁思成则负责舞台的绘景设计。

这场阵容浩大的迎接团队中也有陆小曼的身影。作为梁启超弟子王赓的夫人，她没有像新月社成员那样站在活动的中心，更没能陪伴在泰戈尔身边，演出的那一天，她站在礼堂外帮忙分发宣传说明书。

她依旧打扮得光鲜亮丽，一件合体的旗袍，瘦弱却娇小，她梳着时髦的发型，头上还斜插着一枝鲜红的花。每进来一人，她便递出一份说明书，再收一枚大洋，因为来的人很多，她也忙得不可开交。

即便如此，她依旧声音甜美，春风满面，风雅俏丽。可惜的是，那个注定要在未来与她结下死生契阔誓言的男人，正全身心地注视着舞台上的公主。

那天的演出极为成功，之后举办的庆功宴会也热闹非凡。在接待泰戈尔期间，与林徽因的连日接触，让徐志摩再次鼓起勇气向她表白心声，却得知林徽因即将与梁思成一起前往美国留学，而她与他之间，再无任何可能。

爱神失恋了，彻底失去了爱的希望与欢乐，仿佛被抽空了灵魂一般虚无，仿佛被掏去了心脏一般空洞。

但他的脚步无法停下，泰戈尔一行还没有离开中国，5月20日，他还要陪伴他们离开北京前往太原，再从石家庄转汉口、上海，乘船去日本，一路为他们送行。

这次西行，徐志摩是凄怆的。他站在车尾看着送行的人，大半个月亮从东南升起，梁思成叮嘱他路上注意安全，立在一旁的林徽因却一言不发。

车轮转动中，送行的人里仿佛有人喊着"徐志摩哭了"。那心情，仿佛是在俄国大败的拿破仑，天地茫茫，心更是茫茫，眼泪就那样悄然落下。

他匆匆地写下短信，想要在火车发动时跳下去交给林徽因，却终是被泰戈尔的秘书拦住。火车驶离了站台，他明白一切都已来不及，可是就算来得及送那封信，结局又能怎样？

他知道，这一去，他的爱与希望，他的一切追求，便要落在身后浓浓的夜色里，再没机会寻回。

徐志摩的异样引起了泰戈尔的注意，当知晓徐志摩这一段爱而不能又求之不得的悲伤经历，泰戈尔不禁感叹起命运弄人。

天空的蔚蓝，爱上了大地的碧绿，他们之间的
微风叹了声："哎！"

爱神向往着蔚蓝的天空，自由的翱翔，公主却盼望着
安稳的大地，翠色常如荫，于是他们注定只能如此。他们
之间横亘着鸿沟，仿佛天空与大地，只能静静地彼此欣赏，
彼此凝望，彼此珍藏。

她丈夫的同学

轻叩心扉

身处不同圈子的人很难相识，但真正相似的人，无论迟来或早到，总能很快走入彼此的生活，成为彼此生命中最耀眼的存在。

在泰戈尔生日会后的庆功宴上，徐志摩与陆小曼初次相识。很快，剧院的人找专业演员重演《齐德拉》，邀请徐志摩去看彩排预演。徐志摩想约胡适一起看彩排，而胡适提出邀请爱看戏的陆小曼同去，于是他们一同前往王赓家。

徐志摩与王赓虽然都是梁启超的学生，但他们在国外时一个忙于军政，一个忙于求学，从事着完全不同的活动，对彼此都是只闻其名不识其人。

徐志摩与胡适第一次前往王家时，并没有见到王赓。他公务繁忙，除了周末极少在家，陆小曼便许诺找机会请徐志摩再来做客，介绍他们认识。

不过没多久，徐志摩与王赓便在蒋百里的宴席上正式相识。

蒋百里与徐家是姻亲，徐志摩唤他作"福叔"，两家关系甚笃，徐志摩出国留学前在北京也是借住在蒋宅。

同时，蒋百里与梁启超关系极好，当梁启超放弃政治生涯转而从事新文化运动后，蒋百里成为他的得力助手。蒋百里对军事有着极大兴趣，曾任总统一等参议、总统府顾问等职务，因此他与王赓相识较早，这也让蒋百里成为徐志摩与王赓两人相见相识的介绍人。

一个是浪漫诗人，一个是铁甲将军，性情与习惯全然迥异的徐志摩与王赓却对彼此非常欣赏和敬佩。

宴席的第二天恰逢周六，徐志摩和胡适受陆小曼邀请，前往王赓家做客。陆小曼的本意是想介绍王赓与徐志摩相识，但两人既然已经见过，便少了客套的寒暄，一起坐下来喝茶、下棋、聊天。

那天的陆小曼一改往日的闷闷不乐，显得特别快乐。见到妻子开心，王赓也很欣慰，他很真诚地邀请徐志摩和胡适经常来家里做客。他告诉徐志摩和胡适，他是个粗人，平时又忙，没人能陪陆小曼，家里时常有客人来也会热闹些。

那时的王赓从没想过，正是他的诚挚邀约，让后来的三个人都陷入了痛苦的深渊。

与徐志摩初识时，陆小曼的内心一片荫翳。面对无望的婚姻，她已经产生了想要反抗的意识。她在日记里写道：

> 从前多少女子，为了怕人骂，怕人背后批评，甘愿牺牲自己的快乐与身体，怨死闺中，要不然就是终身得了不死不活的病，呻吟到死。这一类的可怜女子，我敢说十个里有九个是自己明知故犯的。她们可怜，至死不明白是什么害了她们。

她什么都清楚，什么都明白，却无人懂得她的痛苦与悲伤。她开始消极地反抗，每天与和她处境相似的权贵千金、太太们出去吃饭、喝酒、打牌、看戏。

她总是很晚回家，很晚睡，第二天又很晚起床，整个人萎靡不振，对王赓的规劝从不放在心上。若是王赓说得多了，她便控诉独自在家有多么无聊难过，不出去玩又怎么打发时间。气急的时候，任性的陆小曼甚至会对王赓恶语相向。日子久了，他们的婚姻表面风光和谐，内里却早已危机四伏。

是幸运，也是不幸，在痛苦中无助挣扎的她，每天忍泪假笑的她，遇见了懂她的徐志摩。

徐志摩陪伴泰戈尔一行人离开北京前往太原的那个晚上，陆小曼没有去送行。

当然，徐志摩也许没有留意陆小曼是否出现，因为在那场落魄的离别中，他的全部目光都在林徽因身上。

不过，当他在太原落脚的第二天，陆小曼的信便送到了。没有经过邮局，陆小曼拜托一位经常在北京与山西之间来往的朋友将信捎给徐志摩。

那封信不是很长，主要是为了解释自己因为发起高烧所以没能去送行，信中附上问候，并询问徐志摩等人之后的行程。

这不是他们的第一次通信，但内心的悲怆让徐志摩变得越发脆弱，越发容易惆怅感伤。感受到陆小曼的关心，他即兴写下一首诗回复，不说其后行程，只道"秋日自回"。

那一年的6月初，徐志摩与张歆海一起将泰戈尔等人送到日本，之后徐志摩与张歆海返回国内。

徐志摩没有直接回北京，而是与张歆海告别。7月，徐志摩前往庐山，寻到一处安静的住所，翻译泰戈尔的著作。他需要远离人群的安静，需要梳理自己的悲伤，重新思考未来的长路。粗茶淡饭，山间清泉声萦绕的独居的时光中，他无须假装欢笑，也不必提神应酬，一切都是那么自由畅快，宛若新生。

人是隐居的，但他与陆小曼的信却没有中断。在信里，他写自己的轻松，写曾经的悲伤。收到陆小曼的回信，已是 8 月。与徐志摩的轻松不同，陆小曼在信中透露出眼下生活的无趣。

不够顺心的处境，缺少色彩的日常，她将自己的脆弱写在信中，不经意间触碰了徐志摩心底的柔软。他们对现状的不满，对未来的茫然，一切都是那样相似，徐志摩的心再一次起了波澜。

8 月[①]中旬，他离开庐山回到北京。那时的他不曾意识到，自己的心扉即将被一只曼妙的玉手叩响。

近水楼台

每个人心里都有回不去的身影，忘不掉的过去。旧爱宛如阴影徘徊心间，但人生太长，哪怕忘不掉过往，也还是要继续前行。

徐志摩从庐山回到北京时，林徽因早已与梁思成一起留学美国。回到这个写满伤心的城市，徐志摩试着振作精神，开始工作与创作。他想将自己的痛苦与不甘留在庐山，用最饱满的热情迎接生活，虽然他并不知道，生活为他准备了什么惊喜或是考验。

似乎诗人的生命，总与沉闷的案牍无缘，徐志摩渴望

①这里指农历八月。

亲近自然，只有在那里，他的诗魂才能随时清明敏锐，而这种敏锐又能让他在发觉美的同时感受到无限欢乐。

8月中旬，新月社的活动极少，此时的北京正值秋高气爽，有着叶色斑斓的好风景。徐志摩和胡适耐不住沉闷的城市生活，决定出去游玩。但两个男人同游总少了些乐趣，于是他们来到王赓家，想邀请王赓与陆小曼同游。

这不是他们第一次邀约王赓和陆小曼。起初，王赓也会与他们一起出去，但他的工作总是很多，军务向来繁忙，又无法在游山玩水中体会到诗画之乐，再加上他与徐志摩和胡适渐渐熟稔，到了后来，他便直接拒绝他们的邀请，并让闷在家中日日无聊的陆小曼陪他们一起出游。

王赓的想法很单纯，徐志摩是自己的同学，陆小曼则是游走于交际场上的名媛，自然懂得来往中的分寸，但事实证明，他看得懂人情，却看不懂人性。

在近水楼台上赏月，月色更美，越是寂寥的月色，就越容易被温暖，越容易迷失、沉沦。

幽庭落叶，慨然知秋，西山一向能让文人墨客流连忘返，这里夏有解暑的清泉，秋有映天的红云，实在是郊游的好去处。

决定同游西山那天，王赓一如既往地在书房忙碌着，虽然天气很适合出游，但红叶经霜的美丽，对他而言远不如手中的军事情报更有吸引力。想到陆小曼之前刚说过想出去转转，王赓便备好黄包车，让陆小曼跟着徐志摩和胡适一同去西山游玩。

西山山势连绵，环抱着北京，可以游玩的地方也很多。徐志摩、胡适和陆小曼这一次的目的地是西山余脉荷叶山。

午间，一行三人抵达荷叶山，明媚的阳光驱散了清秋的霜雾，久在樊笼里的陆小曼更是兴致高昂。

不过，他们进山之后没过多久，郁达夫便匆匆找来，要他们回去。原来，是有记者提出想尽快见到新月社的负责人。游玩虽能乐而忘忧，但新月社的公务也不能耽搁。

因为陆小曼舍不得即刻归返，几人商议过后，决定由胡适独自随郁达夫下山，留下徐志摩陪陆小曼继续游玩。

胡适走后不久，山中便下起细雨，雨水轻柔，山间却满是秋凉。距离徐志摩与陆小曼离开之前歇息的凉亭不远，周围又没有别的地方可以避雨，于是两人匆匆奔回凉亭中避雨。

山路湿滑，陆小曼穿着半跟的鞋子，因为怕跌倒，她下意识地轻扯住徐志摩的袖子。胆怯、可爱，又是那样清澈、纯净，那些暗地里对她的非议，那些坊间关于她的传闻，全在那慌乱的一扯间，烟消云散。

入了凉亭，两人心绪稍缓，看着雨雾之下漫山红透，徐志摩诗兴大发，陆小曼的古文功底也不落其后。山中，亭中，言笑晏晏，妙语连珠；雨中，雾中，心神摇摇，暗香涌动。

那一天，徐志摩见到一个不一样的陆小曼，在社交"皇后"的面具之下，有着一颗玲珑、单纯又如火般热情的心。那一天，陆小曼体会到不一样的欢欣，在沉寂如死水一般的生活之外，还有这样有趣、这样浪漫的人，能带给她如此轻松的雀跃与惊喜。

到了傍晚，徐志摩送陆小曼回家。道别时，陆小曼将雨后摘下的红叶送给徐志摩，放在他上衣的口袋中。那赤焰一般的殷红，火光一般的色泽，点燃了徐志摩心底灰暗的天空，唤醒了迟滞的情感。红的热，红的光，又在他的胸膛里燃烧起来，如同绚烂的晚霞，稍纵即逝，却也因此变得异常珍贵。

没有什么是爱无法包容、无法克服的，但等待着徐志摩的，却注定是一场极为艰险的战斗。

怪只怪他迷上的月色，不是千里婵娟、犹照离人的月色，而是早已被人金屋收藏、凝固在画中的月色。若论先后，他是来迟的那一个，若说远近，他同样是只可远观的那一个。

但人间的情，世间的缘，又有谁能提前知晓，又有谁能得到那近水的楼台，掠得那清明的月色。兜兜转转，不过是命中注定，注定有磨难、有曲折、有苦痛，注定是坎坷与风雨、挣扎与抗争的人世沉浮。

递错的信

在失去林徽因的空窗期，徐志摩除了苦闷，还对父母怀着深深的愧疚。因为执意与张幼仪离婚，他与父亲的关系早已不如从前融洽。

徐志摩想要离婚的理由，徐申如接受了，但徐志摩清楚，自己的作为让父亲蒙羞，更让父亲无颜见张家人。身为孝子的他一面坚持自己的主张，一面也心疼着父亲，他没有道歉，但家信却写得更频繁，言语中也比从前多出许多耐心。

为人父母者，都希望子女平安快乐，徐申如虽不满意徐志摩离婚，但也希望儿子能寻到真正的人生伴侣，组成一个安稳的家庭，也让他和妻子放心。因此，徐志摩时常会在信中向父亲汇报最近发生了什么事，参加了什么活动，遇见了什么人。

早在泰戈尔访华之前，徐志摩便与胡适等人一起参加过凌家的画会，认识了典雅端庄的凌叔华。徐志摩知道父亲对凌叔华颇为欣赏喜爱，因此在后来的家信中，他常将自己与凌叔华的来往详细地告诉父亲。

两人谈绘画，谈艺术，再拓展到生活、理想，随意而谈。对于这段交往，徐申如是完全知道的，但徐志摩与陆小曼信中的缠绵情愫，徐志摩却一个字都不曾告诉父亲。

他们到底是什么时候开始通信的？又是谁先写了第一封信？徐志摩记不清了。一切仿佛都是自然而然，恍恍惚惚的，在不经意间拉开了序幕，而让他们之间的通信越过寒暄与客套，能像知己一般说话，是从徐志摩抵达山西时收到的那封信开始的。

那时的他们，都是一腔愁苦无人可诉。一个善解人意，一个敏感温柔，在笔尖与信笺的触碰间，他们的心也不知不觉地联结在一起了。

1924 年 9 月底，徐志摩离开北京到上海居住，徐申如从老家前往上海，想看看半年多未见的儿子。刚到上海，徐申如便遇见了王赓。

王赓到上海来是采购军火，那时的王赓已经是哈尔滨警察厅厅长，但陆小曼因为不习惯哈尔滨冷清无聊的生活，很快回到了北京。王赓便请求徐志摩帮忙照料陆小曼。对王赓来说，妻子的开心比什么都重要。

听说徐申如来看徐志摩，王赓便提出同去。到了旅馆，正遇见在前台取信的徐志摩。那天，徐志摩收到了两封信，一封是凌叔华寄来的，而另一封，则是陆小曼的。

许是命运捉弄，这两封信成为引发轩然大波的导火线。

因为太久不见，徐志摩先向父亲讲述了自己送别泰戈尔并在庐山暂住翻译书稿的经过。徐志摩的经历总是那样有趣，而问及王赓，回答却简单而乏味，处理军务，经常出差，仅此而已。

　　父子间的闲话，总会落到某个女子身上。徐申如很快便提到凌叔华，并询问他们两人的情况。手里握着信的徐志摩，很坦荡地将一封信递给徐申如，告诉父亲自己与凌叔华时时通信，并毫不介意地让父亲打开看看。

　　谈笑间，徐申如展信看去，身边的王赓也侧过头同读。几行过去，两人就变了神情，王赓更是一脸铁青。

　　原来，那封信根本不是凌叔华的，徐志摩随手给出的，正是陆小曼寄给他的信。

　　落款那一个"眉"字，是王赓从未见过的亲昵。信中的温和言语，也是他从不曾在陆小曼口中听过的。更让他无法容忍的，是陆小曼信上写的"君之邀约，自然应来"。

　　陆小曼即将南下前往上海，王赓是知道的。但他一直以为，她是想念故乡，又恰逢他在上海出差，便来与他团聚，没想到，原来是应了徐志摩的邀请。

　　回想起自己还曾拜托徐志摩帮忙照顾陆小曼，王赓只感到一阵阵愤怒。被欺瞒、被辜负的气愤涌向胸口，王赓一句话都说不出来，最终不顾徐志摩的呼唤夺门而出。

　　这件事就这样被撞破了，虽然徐志摩坚持说自己与陆小曼只是朋友关系，彼此欣赏，却从未越过礼数，但他的内心却是不安的。

看着陆小曼的来信，那让外人看了觉得暧昧的措辞、熟稔的语气、关切的问候，都让徐志摩愧疚不已。

信的那一端，陆小曼写下了对他满满的牵挂，而在这一端，他却稀里糊涂地将他们的秘密全部泄露出去，他对不起陆小曼。

徐志摩担心王赓会错怪陆小曼，他很想去解释，说自己与陆小曼只是知己，彼此吐露生活中的忧郁，相互鼓励，却又怕这样一来只会越描越黑。他很想写信给陆小曼，将这件事告诉她，并向她道歉，却生怕让别人看到，成了更确凿的证据。他不知道自己要怎么办，也不知道陆小曼将会面对什么。

那封给错的信，终于成为一切矛盾的爆发点。

那些曾经隐藏在心底不愿去想、不敢触碰的禁地，如今即将全部暴露在光天化日之下，提醒着徐志摩与陆小曼，他们自己都不曾发觉的心动与沉沦。

第二章　不被原谅的情缘

他们说

　　悸动只在瞬间

未来却是漫长的

　　一眼望不到边

悬崖勒马，回头是岸

　　却不念鱼儿离水则心涸

　　飞鸟落地而翼折

便向那梦想的自由乐园

　　撷最美的一朵

　　不被原谅的情缘

家

破碎之时

在那个连电话都没有普及的年代，想要瞒着他人互通消息，实在是太难了。

徐志摩还没有想好应该如何通知陆小曼，也没有向王赓解释，陆小曼就已经抵达上海，前往蒋百里家，而王赓早已来到蒋家等她。

陆小曼一踏进正厅，便看到王赓一脸铁青地坐在那里。为了给陆小曼接风，蒋家人也都等在正厅，王赓却当着众人的面质问起信的事，指责陆小曼在写给徐志摩的信上言语亲热，丝毫不顾及自己与徐志摩是同门师兄弟。

面对王赓的怒火，陆小曼没有辩解。她在信中的亲密言语，就算骗得了别人也骗不了自己。在她的心中，感情的天平早已在不知不觉间向徐志摩倾斜过去。

碍于众人在场，王赓只能怀着满腔怒火离开蒋家，留下陆小曼一人。

没人知道他们夫妻争吵的原因，但很快，蒋家上下都在传言，王赓当众责骂陆小曼是因为陆小曼给徐志摩写了一封信。

身为人妻，竟然用暧昧的言辞写信给别的男人，足以证明陆小曼不守妇道，更引起人们的闲言碎语，说小曼与徐志摩之间产生了婚外情。

那时新风吹动，许多留学生回国后都想与自己包办婚姻的妻子离婚，无法离婚的那些人，很多也卷入婚外情的旋涡。虽然这是新的潮流，却依旧无法被人理解和接受，正因为如此，徐志摩与张幼仪离婚并追求林徽因的事才成为众人热议的轰动新闻。

陆小曼也很快察觉到蒋家人异样的目光。若是从前，陆小曼可能会觉得委屈愤怒，但如今，她却无比冷静、清醒。她意识到自己对徐志摩的情愫，只不过他们一直恪守礼数，她也不曾做过半点对不起王赓的事，这是她对丈夫的尊重。

陆小曼向来纯粹、敢作敢当，要她违心地为自己辩白，说自己对徐志摩全然无意，她做不到。

第二天，王赓再次来到蒋家，想与陆小曼尽量心平气和地谈谈。发生了这样的事，几乎所有人都认为是陆小曼对不起王赓，若她有悔悟的决心，自然应当好好解释一下，并做出不再与徐志摩来往的承诺，但陆小曼表示自己没什么可解释的。

对于王赓，她问心无愧；至于承诺，她只能承诺自己的行为不逾矩，却无法控制自己的心。既然如此，解释与承诺又有何意义？她终究是不爱王赓的。

在丈夫面前，陆小曼没有恐惧和无措，她心底无波无澜，只是觉得累。她自问从未逾矩，王赓却能不顾情面地对她当众责骂，也许她不够贤惠，也许她不够温顺，但结婚后她对他一向敬重，他却对她如此不尊重。

王赓也知道自己之前过于冲动，但军人的习惯让他寡言沉默，男人的尊严让他很难开口道歉，也很难清楚地表达自己的情绪和想法。

陆小曼不肯解释的冷硬态度让王赓很是失望，而王赓最终也没有为他当众发难的行为道歉，这也让陆小曼失望万分。这场谈话在陆小曼的沉默与王赓的无奈中不欢而散，谁也没能得到满意的答复，只有两败俱伤，各自唉叹。

曾经光芒闪耀的一切都成了破碎的回忆，此刻的陆小曼，很想见徐志摩一面。虽然这不是明智之举，但她很想知道，在她为这份纯粹的情谊坚守之际，徐志摩又是如何想、如何看待的。他与自己有着同样的心情、同样的感受吗？他能体会她、了解她吗？

更何况她此番南下，也是为了与徐志摩相见的，若不是那封递错的信，又怎会生出这般变故。但她见不到徐志摩了，为了减少她与徐志摩见面的可能，王赓将陆小曼送回北京，交给她的父母"照料"。

本性善良耿直的王赓，以己度人，他相信徐志摩会为了同门情谊逐渐放下且退出，也希望随着时间的推移，陆小曼会慢慢醒悟，让这场风波逐渐淡去，让他们的生活重新回到正轨。

身居要职的人，大多出身名门，而名门之间多有联姻，所以事实上，虽然名流人士数量众多，但他们的圈子其实很小，话题也总是那样集中。一有风吹草动就会成为别人茶余饭后的谈资，谈着谈着，消息便插上翅膀，只要须臾光景便传得沸沸扬扬。

陆小曼刚一回到北京，便被听闻消息的母亲带走了。考虑到王赓频繁出差，王家常常只有陆小曼一人，为了方便管束女儿，吴曼华直接将陆小曼带回陆家。

接下来的日子简直暗无天日，陆小曼几乎被软禁起来。她不能出门，就连见客也要经过母亲同意，这样做的目的不言而喻——断掉她与徐志摩之间的联系。

欢愉的梦境被击碎了，高大的牢笼再次合拢，将陆小曼吞噬进幽暗的寂寞之中。

暗通尺素

陆家的严格"管教"，除了为陆小曼的名声着想，更重要的原因是要防范徐志摩。

面对一个文弱诗人，在北京根基深厚的陆家却如临大敌，只因为徐志摩爱得炽热，只因为他在追求真爱时总是奋不顾身。他总是怀着一种虔诚与决绝，恨不能燃尽自己的所有。

对于秉持传统的陆家父母来说，徐志摩在追求真爱时宁愿抛妻弃子的行为是疯狂而危险的，从保护陆小曼的角度出发，他们也想用尽一切办法将陆小曼与徐志摩隔绝开来。

美好的相遇谁都渴望，但不是每一次的相遇都能有好的结果。陆小曼的父母只盼望时间能慢慢稀释这份冲动，让陆小曼渐渐忘掉徐志摩。

陆家关上了大门，却关不住流言。陆小曼与徐志摩之间产生婚外情的事在京城传得沸沸扬扬。人心总是凉薄，尤其是事不关己的时候，那些北京的名人雅士，在陆小曼红极一时时，曾把她捧为天人，争相一睹她的芳颜，如今却一转脸成了武士和猛士，对陆小曼大加指责。

信是陆小曼寄出的，徐志摩没有回复，因此众人并不了解徐志摩的态度，更何况徐志摩已经恢复单身，而她却是有夫之妇。于是传言中，她成为一个不守妇道的失德之人，背上种种骂名。人们对她极尽羞辱，曾经有多追捧，如今便有多鄙夷。

看着陆小曼被谩骂声淹没，徐志摩万般心疼。

不仅因为这件事因他的疏忽而起，更因为他怜悯陆小曼的遭遇，他为她感到不公。追求爱与美，明明是每个人的自由，难道在信里向知己倾诉衷肠便是天诛地灭的大错吗？

这样的事，他早已经历过、体验过，在他与张幼仪离婚时，在他不顾一切追求林徽因时，他曾面对的指责与谩骂同样铺天盖地。他可以完全不在乎，因为他知道自己是在追求自由，但陆小曼受得住吗？

她从小被人疼爱，娇生惯养，一直被身边的人仰视，她受得了这样的非议和攻击吗？递错信的人明明是他，受指责的却是陆小曼。世道黑暗残忍，竟忍心欺辱一名弱女子，而这个如今遭受着众多责难的女人，明明才是旧式婚姻的受害者。

怜悯本身就是一种爱的表现，因为相知，所以懂得，因为懂得对方的痛，所以心软。徐志摩迫不及待地想见到陆小曼，想安慰她，给她力量，却得知她早已被王赓送回北京。

很快，徐志摩也赶回北京，但见陆小曼比登天还要难，然而他下定决心一定要见到她。

徐志摩的朋友们也早已听说此事。得知徐志摩返京，曾与他中学同窗的郁达夫第一个上门拜访，徐志摩便请求郁达夫帮他给陆小曼带一封信。

郁达夫带着徐志摩的信前往陆家。人们都知道郁达夫与徐志摩交好，但因为来人不是徐志摩本人，吴曼华也不好拒绝。

见到陆小曼，郁达夫也只是客套寒暄，吴曼华也没有时时盯着陆小曼，于是郁达夫趁机将信交给陆小曼。他本就是代为送信的，信送到了，他便很快离开了陆家。

原本憔悴无神的陆小曼，一看到信封上的笔迹，眼睛里顿时有了神采。郁达夫一走，陆小曼便到书房迫不及待地读信。

连日来的委屈与隐忍，在徐志摩理解、关切和支持的话语中恣意地爆发出来，她哭得淋漓畅快，仿佛哭出了结婚后所有的压抑与不满。

徐志摩发自内心的问候和牵挂，像一道光芒，照亮了笼中昏暗的世界，照进陆小曼心底，照出分明的痛苦与欢乐。直到此时陆小曼才明白，原来爱情是如此令人心动沉醉，它能触痛一个人的所有神经，也能慰藉一个人所有的悲伤。

第一次，她感到自己的内心是满涨的，被强烈的情绪填充，她不再是空虚无力的躯壳，她真真正正地活成了一个人。这样的力量，让她突然有了坚持下去的勇气，她开始确信，无爱的婚姻不可能有幸福，无论他人是谩骂还是指责，她都要去争取属于自己的幸福。

那幸福，就藏在她与徐志摩的两颗心之间，因为有人懂得，此刻她的心跳动得无比热烈。

带着这样的勇气，陆小曼写下了给徐志摩的回信。她决心不向世界低头，不向母亲和王赓低头，她决定寻找人生和幸福的真谛，去追求爱，追求自由。

这封回信是陆小曼的贴身侍女送到胡适那里代为转交的，胡适也传达了对她的支持，要她不去理会旁人的话语，坚持下去便好。

可是，对于陆小曼来说，坚持本身就几乎要耗尽她的全部心血与精力。她不知道，那个真的懂她、支持她、鼓励她的徐志摩，是否怀着与她同样的决心。她只能静静地等待，让命运决定未来，将结果交给时间。

沉寂之笼

家庭对于一个人的意义到底是什么，谁也说不清。它是不可割舍的亲情羁绊，却也是无法抗争的亲情牢笼。在这个庞大的笼中，栖居着最亲近的人，无时无刻不在影响着我们的选择、我们的判断，甚至是我们的人生。若要硬去冲破，总落得既伤人又伤心的下场。

不曾自由飞翔的鸟儿，不会渴望天空，不曾离开牢笼，不会怀念阳光雨露。

曾经的陆小曼不懂自己为何终日烦闷，她知道那不是自己想要的生活，却又不知应该向往怎样的未来。

直到遇见徐志摩，他为她打开了天窗，让她欣赏到晨光在露珠中折射的光彩，让她在夜空中凝视，遥望浩瀚星河。他让她知道，她原本也能过得活色生香，他让她看到自己内心深处的勃勃生机，是雀跃，是抒发，是高昂兴致中淋漓的欢喜，也是兴尽而归却意犹未尽的舒畅。

那是第一次，她明白了活着的意义：不是活在父母的庇护下衣食无忧，不是立在丈夫的背后目送他出门，而是作为一个完整的人，一个真正意义上的人，一个完整的陆小曼，她想过什么样的人生。

这些从前不曾意识到、更不曾思考过的人生意义，全部摆在她的眼前，用刺目的光芒催促她转醒，催促她离开牢笼。

她不愿失去这光芒，更不愿关上那扇通往自由的希望之窗。于是，身边的责难、周围人的劝阻，她都置若罔闻，不为所动，只等着属于自己的救赎，将她带出这沉寂的牢笼。

母亲几乎每天都在劝她，让她好好想想，让她放弃抗争。在吴曼华看来，爱情远不如安稳的生活重要，男人要有责任有担当，才能撑起日后漫长的生活，更何况王赓踏实努力，从没做过对不起陆小曼的事，只要陆小曼安下心来与他好好生活，这场风波终会过去。

陆小曼并不快乐，她甚至看不到快乐的希望，但醒来的人又怎能继续装睡？她是无论如何不愿再回到以前，过强颜欢笑的苦闷生活，即便不知坚持的意义何在，她也决心要坚持下去。

困守陆宅的日子，宛如生活在孤岛上，舆论像一波连着一波的浪涛，将她团团围住。无论阳光曝晒、狂风大作还是暴雨倾盆，她都无处可避，只她一人苦苦承受。也许，徐志摩也一样，但他们之间仿佛隔着宽阔的水面，她想离开，他想靠近，皆是千难万难。

时间不会因为人的痛苦而放慢脚步，陆小曼就这样挨到深秋，庭院树叶凋落，寒风瑟瑟，她感到自己也如那秋天的植物，逐渐枯萎，失了生机与活力。

就在这无望的深渊中，她等来了能带来光明与温暖的太阳。

美人云端，久不得见，徐志摩的焦急和担忧已经无法控制，终于，他与胡适和刘海粟一起登门拜访陆小曼。刘海粟在当时的北京已经是知名画家，胡适也是文化界的著名人物，拜访的理由也早已想好——找陆小曼商讨为新月社作画的事。

陆小曼的画工，身为母亲的吴曼华是知道的，因为陆小曼的绘画最初就是母亲教的。有这样堂皇的理由，吴曼华自然不好拒绝，但因为徐志摩也来了，她便将会面地点定在厅堂，全程监督。

于是，在吴曼华灼灼目光的监视下，徐志摩与陆小曼相见了。

当陆小曼那曼妙的身影走进厅堂时，只有徐志摩一个人猛地站了起来。

美人依旧如画，却又多了万般辛苦滋味。陆小曼想开口叫一声"志摩"，但那原本甜美的声音却哽在喉间，终是无声。徐志摩心领神会，仿佛已经听到她悦耳的声音，轻柔的呼唤。她的呼唤，他听见了。

微笑着点头致意，他们在一瞬间观察着彼此是否消瘦憔悴，仿佛是隔着宽阔的银河对视，又像是隔着万年的光阴凝望，千般言语，只能含在口中，化入水一般的眸光中，相互慰藉。就像是在人间的最后一次会面，他们恨不能将对方烙印在眼中，定格在心上。

只有徐志摩一个人站起来迎接陆小曼，总有些不合适，但也来不及再将他拉回座位。刹那的失神之后，为人一向周到的胡适也跟着站了起来，假装是久违之后再相见，因为激动而起身。他热情地向陆小曼问候，转移了徐志摩与陆小曼的注意力，打破了尴尬的气氛。

胡适告诉陆小曼，新月社已经很久没有演出新戏，他们想再排练一部，并将门票收入捐给公费学堂。这一次前来，是想邀请陆小曼担任绘制布景的工作，若是身体不适，也可以在家作画，他们会派人来取。

陆小曼的眼中重新亮起了神采，在场的所有人都看得出来，她很想答应下来，但开口之前，她还是望向自己的母亲。

吴曼华心软了，再想到画画说不定能分散陆小曼的注意力，她最终同意了。

那一刻，陆小曼露出了久违的笑容，她由衷地感谢母亲，感谢母亲同意她参与新月社的活动，更感谢母亲没有将徐志摩拒之门外，让她终于见到自己精神的良药，重燃起生活的激情。

执念

为你写诗

越是不可得，越能让人心神摇曳，只一丝一点的安慰，都能让人有登天一般的狂喜和沉醉。陆小曼与徐志摩，便走到了这样的境地。

身边的禁锢越多，陆小曼便越是渴望自由，渴望见到徐志摩，渴望读到他的信。徐志摩那热情而纯粹的性格，仿佛能融化一切坚冰。他单纯地追求着自己想要的生活，因为单纯，所以那追求有着无穷的力量，而这力量也在唤醒、吸引、鼓舞着陆小曼去争取属于自己的人生。

北方的深秋稍纵即逝，转眼便是凛冽寒冬。新年临近，新月社的活动也越发热闹，陆小曼也收到了新月社同人聚会的邀请。按照计划，聚会上新月社成员准备演出昆曲《春香闹学》。因为陆小曼学过昆曲，她毫无疑问地成为"春香"的扮演者，而扮演老先生的正是徐志摩。

眼中的俏春香，心中的陆小曼，在一颦一笑间，让徐志摩的心化开了。

他见到了陆小曼的活泼，也见到她在社交场之外的简单与纯粹。这样一朵鲜艳的花朵，却被传统的礼教束缚，在无爱的婚姻里苟延残喘，奄奄一息，差点失去美好的颜色。

这让徐志摩感到痛心不已，他为陆小曼心痛，更因那害人的礼教而愤怒。当陆小曼的鬓发擦着他的脸掠过，那尖锐的感觉仿佛触电一般，让徐志摩的身心都跟着震颤起来。

如此鲜活的生命，怎能眼睁睁看她日渐黯淡？心若被埋葬，人不过是行尸走肉，一想到终有一天身陷大宅的陆小曼也会如此，拯救她脱离苦海的念头开始占据徐志摩的大脑。

他想彻底地唤醒她，想鼓励她逃离牢笼，想引领她迈入更为自由和美好的新世界。

陆小曼的处境，她那楚楚可怜的神情，她的鬓发带来的触感，不断激起徐志摩心底最深的诗情。从此，他笔下的诗，有了新的生命与色彩。

那一年的北京，冬至当日下了很大的雪。

雪花翩然落地，一片素白，掩尽喧嚣与污浊。世界也变得清静，外界的闲言碎语似乎也在这场大雪中潜了行迹、低了声音，渐渐隐入清冷的雪中。

徐志摩与陆小曼，这两个不得相见的人，看着同一场雪，想着此时此刻的另一个人在做什么，在想什么。

看着雪花，陆小曼一阵阵出神。人非雪花，却依旧如雪花般随风飞动，翩然坠落，正像她不得自由的人生，初时美丽，最终却落地成泥，消融殆尽。

自然景物的变幻，最能激起心中的诗情，在苍茫茫天地一色的雪中，徐志摩沉醉了。冬至当日下雪，本就是一件极具诗意的事，更何况他心里想着陆小曼，虽不能同赏这雪景，但他知道，此时的陆小曼也一定在某个窗口凝视着这片洁白静谧的天地。

陆宅的大门，对他紧闭，雪花却能轻易飞入。再严厉的禁锢，也阻不住潇洒自由的雪花。他忽然渴望自己也能成为一朵雪花，飞向那抹柔弱的倩影。

怀着这样的心情，他在那一年的年末写下一首《雪花的快乐》，诗中的徐志摩，在半空中潇洒地飞扬，循着自己的方向，去往她的身旁。

认明了那清幽的住处，

等着她来花园里探望

——飞扬，飞扬，飞扬

——啊，她身上有朱砂梅的清香！

那时我凭借我的身轻，

盈盈的，沾住了她的衣襟，

贴近她柔波似的心胸

——消溶，消溶，消溶

——溶入了她柔波似的心胸。

　　这首浪漫而富于想象的诗歌发表在 1925 年 1 月 17 日的《现代评论》上。徐志摩将自己无法亲自道出的心声，写成长长短短的句子，发表出来，为了让她看到，也为了让每个支持鼓励他们的、诋毁贬低他们的人一同去看看。

　　诗人的内心，总有玲珑剔透的清澈与纯净，那里不染纤尘，那里不问世俗。在徐志摩看来，外界对于陆小曼的恣意攻击完全是妄下评论。他们不是陆小曼，他们无法设身处地，他们哪里知道陆小曼的苦涩，哪知她生活的沉闷，怎能体会她内心的冷暖？

　　明明不知全部实情却随意评论，用阴暗之心度那纯净的灵魂，令人心寒，令人发指。可是，无论他再疼惜、再愤怒，陆小曼都只能独自面对铺天盖地的指责。如果徐志摩站出来，可想而知，那骂声只会更加高涨。

　　徐志摩能做的不多，他为她写诗，他在暗中传递的信上给她鼓励，要她别理会那些不实的舆论，清者自清，只要抬起头来做人便好。

他告诉她，就算全世界都与她为敌，仍有他懂得她的苦，懂得她的悲，懂得她的全部。

因为懂得，所以疼惜。人在世间，知己最难寻。如今有一个真正懂得自己的人，人生从此有了奋战下去的底气和希望。

乔迁之宴

有些缘分就是那般神奇，遇见了便是轰轰烈烈，燃尽一生仍是不悔，哪怕不被他人理解和接受，也一定要求一个结果。

每当这时，身边的朋友若有人能懂得、理解，都是一种鼓励，更不要说那些肯伸出援手的挚友。四面楚歌的境地里，那雪中送炭的温暖，足够铭记漫长的一生。

1925 年冬至的那场雪，一直到新年时才完全融化，仿佛也预示着 1926 年的春天会来得格外的迟。

日子随着年历不断翻过，辞旧迎新的不仅是日期，还有那些满怀希望的人们。新月社也在新旧交替的日子里，从石虎胡同 7 号迁到了松树胡同 7 号。新社场所的装修几乎全由胡适一人打理，与旧社的中式风格不同，这一次的风格中含着许多西式元素，古朴中透着时髦。

那一年的春节在1月下旬，算算时间，王赓会在中旬回到北京。徐志摩知道，若是王赓回来，陆小曼只会压力更大，而他们那少之又少的来往机会，更是渺茫得微乎其微。

徐志摩不能不为此神伤，更为陆小曼忧心，但胡适却安慰徐志摩，说他们仍有机会相见。

很快，为了庆祝新月社喜迁新址，由胡适做东举办了一场宴会。

那是一次小规模的聚会，受邀的人也都来自文化圈。为了气氛热闹，胡适决定限制人数，这样一桌便能坐下，所以这一次的聚会宾客只有20人左右。名单上，陆小曼的名字赫然在列，因为是文化圈的聚会，所以自然而然地没有邀请王赓。

虽然不是单独的会面，但徐志摩依旧对发起聚会的胡适和刘海粟感激万分。从知道陆小曼也会来参加宴会的那天开始，时间仿佛变得异常漫长。

终于到了1月19日，宴会定在晚上7时，但徐志摩提前半小时就抵达了饭店。踏入包间时，他发现胡适、刘海粟和郁达夫已经到了，而坐在酒席之上那素色的倩影，正是陆小曼。

岁寒，然后知松柏之后凋。经历过风霜摧残的陆小曼，在曾经的天真烂漫中，又多出几份坚韧与淡定。

她不再像从前一样衣着明亮，却美丽如故。在那动人心魄的美丽中，还带着些许憔悴。她向他大方地问好，说着很久不见，徐志摩却有千言万语哽咽在喉，最终，他沉默着点头回应，坐了下来。

那天的宴会，众人兴致高昂，他们讨论着新月社在新一年中的发展方向，只有徐志摩是沉默的，他总是在大家碰杯时将杯中酒一饮而尽。

同席而坐，近在咫尺，却是咫尺天涯，各自忧心。不知不觉间，陆小曼也喝了很多酒，加上心潮起伏，酒气也很快跟着上涌。她不胜酒力，最终捂着嘴匆匆奔出包厢，寻找一处没人看见的地方呕吐起来。

在场的人都知道陆小曼心情不好，但谁也没有说破。待她回来，众人也谈得差不多了，便道着别陆续散去，相约不日再聚。

那一晚，徐志摩开车送陆小曼回去。关于他们之间的闲言已经传得人尽皆知，为了避开前门的人来人往，徐志摩将车子开到饭店后门，接上了陆小曼。

从饭店到陆家只有 10 分钟车程，哪怕是兜着圈子绕，他们也只能有 20 分钟的时间。徐志摩索性将陆小曼带到新月社去。

乔迁的宴会已经散去，不会有人再来打扰他们，这是他们从不曾有过的独处，是上天垂怜，更是朋友相助。

酒后的徐志摩说了很多很多，甚至有些语无伦次。他的想念，他的牵挂，他的忧心与痛心，全都化作没有逻辑的表白，一遍遍地诉说着。

徐志摩无比悔恨，悔自己没有向王赓解释。他的片刻犹豫，便让那虚伪的消息像长了翅膀一样飞了出去，害得陆小曼遭人非议，受尽委屈。

陆小曼却只说自己的苦楚。她从小便骄傲要强，嫁作人妇后生活却只剩下沉闷，更可怕的是她的苦根本无从倾诉，身边竟无一人能理解她，一切的一切，都要自己忍受。

理解、疼惜与万般的无奈，让两个人的心越贴越紧，温暖了彼此的寂寞，燃尽了心底的犹疑和迷茫。

那一夜，他们第一次走近了彼此，在夜色已合的冬末，带着欣喜与眷恋。在松树胡同 7 号院的墙角，他们亲吻着告别。

烈火一般的爱意将两人的灵魂点燃，他俩的心跳得飞快，脸红得发烫。在夜色四合中，在那清静的院中，听着风声吹过头顶的树枝，那一刻，他们快乐得几乎可以当场一同死去。

那是第一次，徐志摩与陆小曼对彼此展开心扉，向对方宣告自己的爱的秘密。

从此，他们有了共同的秘密，那新生一般的记忆，是值得庆祝的春的礼赞。那一晚，她的温柔如春的诞生，宣告着严冬终将过尽，大地熏风渐起，脉脉温情动人。

不可挽留

冬日的最后一丝凄凉，伴随着正月的结束离开了北京。临近三月，雪融枝绿，不记得经过几番挣扎，春天终于到了，一切仿佛有了新的希望。

最早探出的新草，最初吐露的新绿，向来是诗人最爱的景象，但此时的徐志摩却没有半分欣喜，他陷入两难的抉择中，彷徨而焦虑。

之前在泰戈尔一行访华期间，徐志摩细心周到的照料让泰戈尔大为感动。他将徐志摩视作忘年挚友，并与徐志摩约定，要在第二年的春季同游欧洲。

如今，是徐志摩履行约定的时刻了。

他收到了泰戈尔秘书写来的信，邀请他前往欧洲与泰戈尔会合。能与自己敬仰的诗人同游，徐志摩自然心生向往，但在北京，还有令他难以割舍的牵挂。

陆小曼，就像一枝被人折断践踏的鲜花。她那"最美最纯洁最可爱的灵魂"仿佛"一只洁白美丽的稚羊"，在铜墙铁壁的囹圄中插翅难飞，眼前只有屠夫的尖刀，身边只有冷漠的看客。她的处境是那样悲惨，那样无助，他怎能安心启程，用几个月的时间兀自游乐？

可是，就算他留在北京又能怎样呢？挣扎于感情旋涡的他，已经很久没能写出满意的诗篇。欧洲广阔自由的天空，浓郁的学术氛围不断召唤着他。他极想飞出鸟笼，融入向往的天地，但在他目之所及、心之所向的地方，还有另一个笼，笼中有他最爱的眉。

他开始难以取舍，一想到陆小曼，他的一颗心无时无刻不在滴血。他无法带她一起飞去，只能写信给她，将自己收到邀约的事告诉他的灵魂知音，并郑重地询问陆小曼的意见。

此时的陆小曼，仍然在努力抗争。对于母亲，她已经完全敞开心扉，说出了自己的真实想法，至于王赓，她知道自己早晚也会向他说清楚。

曾经她不懂情爱，亦不懂婚姻，但如今她懂得了，便断不肯回到过去的生活中。她知道王赓待她有十二分的真心实意，她也知道浪漫宛若烟火，绚烂却危险，但她偏偏想为自己的幸福拼命去搏一次。

徐志摩的信是托刘海粟带去的，除了信，刘海粟还将近期绘画界的消息和活动细细地讲给陆小曼听。这些新鲜事，对于被困家中的陆小曼来说，无疑是一种安慰。

但这安慰很快便被徐志摩信中的话语驱散，看到信的内容，陆小曼如坠冰窟。就在她决定向丈夫摊牌，要将自己推向狂风骤雨的紧要关头，她唯一的精神支柱、她的志摩却要远走欧洲。

徐志摩没有表达自己的意愿，只是在信中冷静地分析了利弊，并询问她的意见。陆小曼虽然任性，却极识大体。她知道，赴欧有助于徐志摩的事业发展，也能有机会向泰戈尔学习，既能离开北京这个舆论旋涡，也能远离眼前的痛苦。唯一的坏处是她无法依靠胡适和刘海粟的帮忙与徐志摩通信见面，但这样的苦，她愿意为徐志摩承受。

为爱人送行已是痛苦，更何况那封鼓励对方远行的信要她亲手写成，于是那些痛苦叠加在一起无限放大，在心上蔓延成触目惊心的伤痕。

她写了许多信，却一封都没能送出。徐志摩焦急地等着她的回复，但直到第二天晚上仍然没有任何消息。他知道，若是有回信，只要不是晚到深更半夜，胡适都会体恤他的煎熬，尽快派人将信送到他手里。没有回信，就意味着陆小曼还在犹豫不决。

徐志摩又提笔写下一封信，他已经从郁达夫口中听说，陆小曼似乎向王赓摊牌了，王赓愤恨之下扬言绝不放过徐志摩。同为梁启超的弟子，徐志摩不相信王赓真的会威胁他的生命，但他能理解王赓心中的夺妻之恨。也许，暂时离开，真的是最好的选择。

徐志摩写下自己对欧洲旅行的想法，写下自己事业没有发展的苦恼，写下对陆小曼的鼓励，他想让她知道，他们的心永远是连着的。

他忽然就回忆起那一晚临别时的美妙，当时宛若新生一般的记忆，最终落成笔下珠玑闪耀的诗篇，他为它取名为《春的投生》。

那时，他站在残冬的大地上，感受到脚下的松软，体味到耳鬓间的温驯。世间万物漾成无限的缠绵，而他们胸膛里的心脏，在火热地跳动着。

桃花早已开上你的脸，

我在更敏锐的消受

你的媚，吞咽

你的连珠的笑；

你不觉得我的手臂

更迫切的要求你的腰身，

我的呼吸投射到你的身上

如同万千的飞萤投向光焰？

收到第二封信的陆小曼，终于回信了。信中没有哀怨，没有嗔怪，只是鼓励他轻松启程，无须挂怀。

最痛的心思，说不完也写不尽，但徐志摩与陆小曼，都用自己的坚强呵护着对方，小心翼翼地避开那些赤裸的伤痕，只说光辉的前路和美好的希望。

　　陆小曼知道，离开她，他已是千般愧疚万般不舍。她
也知道，这一次的远行，不可挽留。

两地人

醉后的龙

徐志摩旅欧的事，就这样决定了。

当两人之间隔着万水千山，隔着难通的音信，两颗心还能否温柔熨帖地依偎在一处，以同样的节拍跳动？

对于徐志摩与陆小曼来说，这既是检验，也是一种证明。纵然前路渺茫艰险，他们仍坚信自由与爱的力量，也为即将来临的苦痛做好了准备。

曾经衣食无忧的徐志摩，如今也没了往日的风光阔绰。他执意与张幼仪离婚已经让父亲大为不满，怎料一波未平一波又起，他与陆小曼之间的婚外情风波，更是让徐申如大为恼怒，直接断掉了给徐志摩的经济资助。

当时的徐志摩只有讲演和稿费收入，想前往欧洲，他必须自己筹集高达 3000 元的路费。

徐志摩前往上海向梁启超寻求帮助，梁启超以个人名义为他筹集了 1000 银圆。对于徐志摩的感情归属，梁启超一直为之忧心。他并不支持徐志摩与陆小曼之间的感情，但面对自己器重的学生，他依旧鼓励徐志摩，既然决心冒险，便当全力以赴。

现实总是残酷，生活与恋爱的自由，从来都与经济上的自由息息相关。为了筹集剩下的 2000 银圆，徐志摩向《晨报副刊》和现代评论社预支了稿费，并约定为他们撰写通讯。这是第一次，徐志摩凭借一己之力筹到出国资金，他没有向家里要一分钱。

除了路费，如何与陆小曼保持通信也是让徐志摩心心念念的问题。自从陆小曼将离婚的打算告诉母亲，他们之间的通信已经变得更加困难，几乎完全依赖陆小曼的侍女和胡适等朋友之间的转交。

两人同在北京时尚且便利，若是再漂洋过海寄往欧洲，一来一去不知要几个月。

思量过后，徐志摩想到一个新颖又浪漫的方式。他要陆小曼继续写信，就当作日记来写，记录起居，将她的心情、思想和感悟全都记下来。若是方便邮寄便寄出，若是不便，就等他回来时一起看，算是迎接他的礼物，也算是他们两地思念的记录。

陆小曼同意了，如今徐志摩行期已定，她无须再强迫自己硬起心肠，藏起不舍，她的心已经开始感到尖锐的痛了。

恨不相逢未嫁时。陆小曼何尝不想与徐志摩双宿双飞，共赴欧洲，但此时的她依旧是王赓的妻子，一层层枷锁禁锢着她的身体和灵魂。

徐志摩的行期在 3 月 11 日，于是新月社的朋友在 10 日为他举行了饯行宴会。梁实秋、胡适和郁达夫都来了，王赓和陆小曼也来了。

即便闹出许多不愉快，但此去路途遥远，王赓还是念在同门的情谊上前来送行。这样的襟怀，让徐志摩曾经一度坦荡的内心中，多了几分愧疚。

那场宴会，陆小曼没吃几口，只知道一杯一杯地喝酒，双颊的绯红，掩住了微红的双目。众人说她醉了，收走酒壶让她不要再喝，她却几乎带了哭腔嚷着："我不是醉，只是难受，只是心里苦。"

徐志摩的心也跟着碎了，曾经那清脆的嗓音，如今却像锥子，声声刺着徐志摩的心。愤慨、焦急，潮水般涌上胸膛，那一刻，他恨不能为她抛弃一切，可他却连安慰她的身份和资格都没有。

王赓带着陆小曼先离开了。徐志摩也无心再宴饮，带着苦涩与不舍，这场饯行宴就这样散去了，仿佛他人都是陪衬，那一刻，为徐志摩饯行的，对徐志摩不舍的，只有陆小曼一人而已，而对于徐志摩来说，有陆小曼一人足矣。

那一夜注定是难眠的，陆小曼痛彻心扉的模样，一遍遍地在徐志摩眼前闪现。他无法忍受内心的煎熬，若是不好好为她写封信，他的心便要炸开一般疼痛、憋闷。

他在信中声声唤着"龙龙""小龙""我的龙"，说着他的"肝肠寸寸地断了"，意念变成了灰，看着她难受，他也跟着煎熬。

他想埋怨她为何要喝醉，可是一想到如果陆小曼不醉，就总要道别，若是她清醒着听到徐志摩最终说出的那声"再会"，她的心里会好受吗？陆小曼独自一人面对家中的逼迫，和醉酒比起来，也许还不如醉酒好受呢！

啊！我的龙，这时候你睡熟了没有？你的呼吸调匀了没有？你的灵魂暂时平安了没有？你知不知道你的爱正含着两眼热泪在这深夜里和你说话，想你，疼你，安慰你，爱你……你多美呀，我醉后的小龙，你那惨白的颜色与静定的眉目……使我觉着一种美满的和谐——龙，我的至爱……你应当知道我是怎样地爱你，你占有我的爱，我的灵魂，我的肉，我的"整个儿"。永远在我爱的身旁旋转着，永久地缠绕着，真的，龙龙，你已经激动了我的痴情……

无法带她奔向自由，徐志摩只能留下自己的承诺，他要将自己的心留在陆小曼身侧，鼓励她放大胆子向前，鼓励她不辜负彼此，为了闯出一片更美好的未来。

渐行渐远

徐志摩如期离开了。他走时是夜晚，满月照离人，原本微温的春风也变得凄凉起来。

送行的人很多，徐志摩知道，这些人虽然都来送行，却各怀心事。在他们中，有人觉得他的去留都无所谓，也有人盼着他走。这有些五味杂陈的送别让徐志摩感到莫名的悲伤，他更深切地体会着陆小曼以冷漠示人的苦楚。

陆小曼的心也痛得厉害。她是与王赓一起来的，站在人群中，她不敢将自己的难过流露出来，只能跟着他人一起笑着聊天，只能说些不相干的话语。那样的一种冷漠，将她与徐志摩隔开了。

在众人面前，他们最后到底没有机会说几句真心真情的话。隔了夜色和喧闹的人群，徐志摩湿着眼眶怔怔地看着陆小曼。从那眼神中，陆小曼读出了他的安慰和不舍，却只能苦笑着走上前握手，对他说"一路顺风"。

车开动时，徐志摩孤孤单单地挥手，一遍遍地送着飞吻。不明就里的人会感叹他真是热情又重情，只有陆小曼知道，那一个个的吻，一次次无声的道别，全是给她一人的。

陆小曼呆呆地看着列车远去，直到车上的人影一点点模糊，被一层泪雾掩盖，最终彻底地望不见了。

当她在众人的呼唤声中回过神，火车已走远，送行的人笑着，只有她红着眼。

乘车回去时，她的身旁只有王赓，而她亲爱的志摩，总是懂得她、安慰着她的志摩，是真的随着车轮与铁轨的碰撞，渐行渐远了。

爱人远走，就连家里也变得冷清起来，抬眼看去，到处弥漫着沉寂的静，时间仿佛停滞下来，连钟表都不再走了。陆小曼的世界，在徐志摩离开后彻底停摆，无声亦无感，陪伴着她的只有徐志摩留下的信和日记。

一时间，她不知道应该做些什么，她甚至觉得什么都不做便是最好的，不要打断她的静，就让她永远地沉入这样的静谧，永远地定格在那里。

但日子还在不断地向前滚动着，王赓离家去了天津，陆小曼也成为刘海粟的学生，跟着他学画。时间是打发掉了，心里的苦却丝毫不得消减。

这世界好像又换了一个似的，我到东也不见他那可爱的笑容，到西也不听见他那柔美的声音，一天到晚再也没有一个人来安慰我，只觉得做人无味极了……随时随地都有网包围着似的，使得手脚都伸不开……像我现在过的这种日子，精神上，肉体上，同时的受着说不出的苦，不要说不能得着别人的一点安慰与联系，就是单要求人家能明白我、了解我，已是不容易的了！

聪慧的陆小曼其实什么都懂得，懂得自己的处境，懂得别人的态度，但她不知道该如何抗争，如何改变这样的处境。

她只抱定了一个信念，她有几个知己，而其中最明白她、最知她的自然是她的"摩"。"他知道我，他简直能真正地了解我；我也明白他，我也认识他是一个纯洁天真的人，他给我的那一片纯洁的爱，使我不得不还给他一个整个的、圆满的、永没有给过别人的爱。"

离别的苦，在带给人清晰的痛苦之后，还能让人读懂自己的心。

随着火车离开北京驶向天津，徐志摩遇见了那个春天最大的一场雨。看着为自己送行的大雨，徐志摩再一次提笔为陆小曼写信。

与上一次失恋后为泰戈尔送行不同，这一次，他是向东出发，纵然是在夜色中登程，却是向着拥抱朝阳的方向。徐志摩那诗人特有的乐观，让他坚信，只要认准方向伸出手臂，总会将一轮红日揽入怀中，充满希望地感受那光和热，就像他与陆小曼即将开创的新的人生。

　　一路上，路过奉天，在哈尔滨换外汇，之后经过满洲里，火车驶入西伯利亚。那苦寒的气候，让徐志摩开始想家，想念陆小曼。他总是睡不好，又晕车，梦里总回到北京，总能见到陆小曼。

　　车上没有熟识的朋友，寂寞的徐志摩，反而有了更多时间去思考，思考这一次欧洲之行的意义，思考回国后的生活。

　　他是诗人，心灵向往自然的美妙。他回忆起前一年在庐山，再前一年住在家乡的山中，那时，他的心灵鲜活，诗情跃动，而北京却禁锢着他的思想，让他无法像山溪奔涌一般纵情创作。

　　他忽然很想到山林间生活，寻一个清幽的境地，伴一位如意知己。那便是他理想中的幸福，而这诗人的幸福，他想与他的龙龙讲述，更想与他的龙龙共享。

　　怀着诉不尽的情，在时光的流动中，两个彼此理解彼此相爱的人越来越远，想念却越来越固执地根植在心底，如阳春草色，转眼便染遍山间水畔，铺成世间最苦却也最甜的相思。

此情可待

颠簸了两个星期之后，徐志摩在3月26日抵达柏林。他与张幼仪的次子德生——那个在柏林出生后不久，便遭遇父母离异的小彼得——在与病魔抗争了一年多之后，终于被脑膜炎夺去了生命。这个孩子只在世界上生存了3年，而他的父亲来迟了一个星期。

见到突然出现的徐志摩，还沉浸在丧子之痛中的张幼仪很惊讶。徐志摩没有马上告诉她自己来欧洲的真正原因，只是说他的母亲让他赶来探望生病的孩子。

可是3年来，他从未来看过他们母子，无论是在孩子出生后还是患病后。抵达柏林的第二天，徐志摩跟着张幼仪到了殡仪馆，在那里等待他的，只有幼子的骨灰盒。

曾经，徐志摩在海外求学一直靠徐申如的汇款，徐志摩与张幼仪协议离婚后，徐家依旧将张幼仪视为家人，徐申如更是每月都给张幼仪寄出200美元。一战中战败的德国货币贬值，因此200美元足够张幼仪带着孩子生活。她自学了德文，并进入裴斯塔洛齐学院专攻幼儿教育，想给孩子营造更好的生活环境，让他接受更好的教育。

却没想到，那个可爱的孩子就这样离开了她，那可爱的小脸再也见不到了，就连徐志摩也伤心不已。他觉得是上天在惩罚他，因为他只顾着追求自己的幸福，却忽视了自己的孩子。上天让他连一句稚声稚气的"爸爸"都不曾听过，便早早地收回了小小的天使。

徐志摩感到愧疚，对独自抚养孩子并坚持学习的张幼仪，他还带着刮目相看的敬佩。在写给陆小曼的信中，他不由得称赞张幼仪。

> C可是一个有志气有胆量的女子，她这两年来进步不少，独立的步子已经站得稳，思想确有通道……她现在真是"什么都不怕"，将来准备丢几个炸弹，惊惊中国鼠胆的社会，你们看着吧！

除了失去幼子，这次欧洲之行对徐志摩来说也很不顺遂。之前泰戈尔的确在欧洲，但2月他因病提前回去，而泰戈尔的秘书却没能及时通知徐志摩。于是，徐志摩开始考虑改变行程，在欧洲游玩到5月，最迟6月初便前往印度与泰戈尔相见，这样便能在八九月间回国。

他担心陆小曼的情况，希望早日结束旅程，回到离心爱之人更近一些的地方。

自从徐志摩走后，陆小曼整个人陷入一种绝对的寂静之中，她的心也跟着慢慢静了下来。她不再期待与徐志摩通信和见面，开始努力安排生活，画画、看书、写日记，既是转移注意力，也是消磨时间。

可是黑夜来临，当人们一个个沉入梦乡，她却总是醒着，在没有光没有声的卧室里，仿佛没有任何知觉地静静躺着。

一个人的夜总显得异常漫长，浓浓的夜色仿佛稀释不开的墨，染尽了所有的思念。为了驱赶内心的冰冷，陆小曼常常在卧室点一盏小灯，让那微小的光明提醒自己还活在真实的世界，而不是像一缕孤魂漂浮在旧宅。

母亲知道陆小曼心里的苦痛，也没有再像从前一样频繁地提起徐志摩，劝她放弃。对王赓与徐志摩，她都极少提起。

到3月下旬，徐志摩已经离开了半个月，陆小曼却意外地从母亲那里得知，徐志摩在火车上写信给母亲，诉说自己的真心，希望获得吴曼华的理解和支持。

对于吴曼华来说，徐志摩对陆小曼的追求简直是痴人说梦。爱与婚姻总是不同，徐志摩对陆小曼的深情，在陆家看来，就是一颗不定时的炸弹，随时可能将平静安稳的生活炸得面目全非。

吴曼华对徐志摩的信并不重视，但她还是将信给了陆小曼。

读着信，陆小曼的眼泪便止不住了，徐志摩虽然暂时地离开了，却从未想过让她独自去面对阻碍。他那真诚的心意，让她感动，让她心痛。即便舟车劳顿，他依然会在深夜里写信，让她真切地体会到他对她有着十二分的爱意。

摩，我真感谢你。在给我的信中虽然没有多讲，可是我都懂得的，爱！你那一个字一个背影我都明白的，我知道你的一字一泪，也太费苦心了，其实你多写也不妨。

可那时候的徐志摩又怎敢多写，写给陆小曼的信都是寄往陆家，任何人都可能提前拆阅，徐志摩不敢冒险。他不愿让自己半点不当的言辞被人看到，再生事端，让陆小曼的处境更加艰难。

徐志摩的心思，陆小曼完全懂得。最心疼的感觉，便是对爱人的痛苦感同身受，他们一个不敢多言，另一个只能将满怀的爱与感动写进日记，埋在心底。

向来真心换深情，在信笺缓归的等待与煎熬中，他们读懂了对方的真心与深情。于是，等待有了希望，坚持有了勇气，一切仿佛都有了新的意义。此情可待，待它成真，待它圆满，待它开出世间最绚烂的挚爱花朵。

装聋作哑

相思成疾

人间的四月天，有着极美的风物，有淡淡的云烟，有温软的春风。雨丝与柳枝一样纤细，一树连着一树的花开，燕子也飞回筑巢，在熟悉的梁间呢喃。一切都像新芽一般透着柔嫩，一切都充满喜悦。

可是，在这原本应当欢欣向上的日子里，陆小曼的身体却每况愈下。明明春暖，她却还要盖着棉被才不至于冷得发抖，即便如此，她还是常常难以入眠。

晴明的白昼里，窗外鸟啼声声，在春风的撩拨下，就连花朵和枝条都仿佛在喧闹；陆小曼的房间里却依旧只是静。

那种沉寂，静得能吞噬所有的光芒和希望，足以将她整个吞噬，再感觉不到生活的意义。

日子就这样寂静地过去了。徐志摩已经离开两个月了，她寂寞，她烦闷，就连写日记也无法让她安心。

女人的心思总是敏锐的，她无时无刻不在思念着徐志摩，但同时，她又在不断想象：远在异乡的徐志摩是否怀有与她相同的思念；是否只有她一个人，在这爱的深渊中苦苦徘徊挣扎。

这样想得多了，陆小曼总觉伤心。那时候书信缓慢，她又不可能时时了解徐志摩的情况，得到他的安慰与鼓励，每当这时，陆小曼总觉得人生一片昏暗。

为了减少胡思乱想的时间，她开始同朋友们出去玩耍，不是打牌便是跳舞，纯粹地消磨时光，总闹到夜半才回家，趁着疲乏，洗洗便躺下了。

身体的疲乏解不开相思的心结，纵然每天玩乐，她依旧睡不好。不仅如此，时间久了，就连胃口也变差了。她最初以为是吃腻了厨子做的菜，但就算差侍女去她平日里爱吃的铺子买饭菜，她依旧是吃不下几口便饱了。

身边的人都知道，陆小曼的病是因为徐志摩，更因为她母亲坚持不肯让步。医生为陆小曼检查身体，诊断的结果是心律不齐和神经衰弱，只要好好休息，再吃些药便好。

可是，身处重压的环境之中，陆小曼怎么能好好休息？母亲依旧劝她别这样固执，她甚至后悔曾经将陆小曼送去西式学堂，后悔让她接触了那么多外国小说，结果被小说里那些浪漫迷住了眼睛，被徐志摩迷住了心，被爱情折磨得死去活来。

陆小曼埋怨母亲不肯成全自己。若是母亲能理解她、支持她，站在她这一边，她何必四面楚歌、腹背受敌，被逼到如此境地。

吴曼华却很无奈，就算她让步同意，陆小曼便能和徐志摩在一起吗？陆小曼从小未经风雨，不懂人世险恶，吴曼华却明白，若是让陆小曼任性妄为，无论是陆小曼还是陆家，都将遭遇更严重的非议和打击。

可是，被爱情冲昏头脑的陆小曼，又怎能听得进母亲的劝阻？

远在欧洲的徐志摩，也在分分秒秒地思念着陆小曼。

4月初，徐志摩前往伦敦度过短暂的几日，当地的朋友大多春假出游，他除了见朋友，便是去看知名的歌剧，但这些都无法让他真正欢喜起来。

摆脱了压抑，不代表能获得真正的快乐，离别的相思无休无止地缠绕着他。

为了不让自己闲下来，他不断去拜谒欧洲的名人墓地，包括小仲马、雪莱、米开朗琪罗、曼殊斐儿①、伏尔泰、济慈和卢梭等。他知道的、他能想到的，他都去扫墓，几乎是"一路上坟送葬"，专做清明祭扫。

他总是做梦，每晚都梦见自己回到北京，也总会在梦

①　即凯瑟琳·曼斯菲尔德（1888—1923），英国女作家。

里见到陆小曼。但梦里的相见却都是令人难过的情景，所以醒来时，他的心中总是充满惘然和悲戚。他的胃口很差，总是想着为何等不到陆小曼寄来的信。

于是张幼仪等人都说，徐志摩到欧洲只来了一双腿，"心"是有别用的，而且就连肠胃都不曾带来，因为他的胃口一直很不好。

春天的欧洲也是风景绝佳，张幼仪的两位英国朋友邀请她在假期的最后两周去意大利游玩，张幼仪也邀请了徐志摩同去。

他们在最美的季节里，游览了威尼斯、佛罗伦萨与罗马。徐志摩依旧心事重重。在威尼斯时，他常常独自出去游荡，他总是在每天早餐时焦急地等待国内的电报，不断询问女侍有没有他的信件。

对于张幼仪，徐志摩没有过多隐瞒，他很快便向张幼仪言明，他爱上了王赓的妻子陆小曼，并在临行前与胡适约定，若是那边情况有转机，便来信通知他。

可是，隔着千山万水，依旧罕有信件，一次来回，至少要 40 天之久。徐志摩不知道陆小曼的身体如何、心情如何，是否还在受病痛的折磨；他甚至开始抱怨为何无线电不能尽快地应用起来，让距离与空间不再是问题，让他能在伦敦直接拨通北京的电话，亲口询问她心绪可好，亲耳倾听她的思念。这样便不会纵容相思成灾又成疾。这样心爱的那个人，便仿佛在眼前、在身边，以慰相思之苦。

风平浪静

徐志摩虽然远走，流言却并没有跟着离开，它们还盘桓在春日的北京，围绕着病弱的陆小曼。有人说她要离婚了，也有人说徐志摩一定不是真的爱她，不然也不会远走欧洲。

正如她在日记中写的那样，"外头人不知道为什么都跟我有缘似的，无论男女都爱将我当成一个谈话的好材料，即便没有可说的，也得想法子造点出来说"。

她见过的人很多，见的人多了，便也能看清许多人心。她知道那些光鲜亮丽的外表之下有着怎样阴暗乏味的灵魂，也知道那些玉齿香唇中能吐出伤人至深的话语，但她还是决定要为徐志摩，为他们的爱情拼搏一次。

无论前路多少荆棘，不到筋疲力尽，她绝不回头。

曾经的陆小曼总觉得无人认识真正的自己，围绕在她身边的人，只当她是会玩、爱时髦的女子，他们只看她的外表，却无法看透她的心。只有徐志摩是真正认识了她，从表面到内心，从一切表面的言笑中看清她的苦痛。

为了这样的爱人，她怎会退缩？即便身边的人都在劝她，说夫荣子贵才是女子莫大的幸福，个人的喜怒哀乐总会随着时间的推移淡去……陆小曼依旧向往着本性的解放，就像拨开沉沉乌云，重现明澈的青天；就像冲破云雾，飞向山巅尽情眺望。

临行前，徐志摩与陆小曼便都清楚，欧洲之行必定会让他们之间的通信变得异常艰难，可陆小曼还是因为迟迟收不到信，像一朵缺少灌溉的娇花一般迅速地枯萎下去。她觉得身体不舒服，便看病吃药，之后继续出门打发时间。

可是，心病还需心药医，陆小曼虽然按时吃药，却不肯在家静养。她经常出门，尽量消磨自己的时间。这样没过几天，她彻底病倒了。

躺在床上，陆小曼不得不认真休息了。幸运的是，就在她病倒后，徐志摩一路上写的那些信终于寄到了。

以养病为由，陆小曼将自己关在房间里，躺在床上，一个人静静看信。她要让徐志摩那热烈的语言拥抱她的心，让那声声的问候重新点亮自己内心的光明。

看过信，陆小曼感到自己的心情舒畅了很多，可是看看日期，她又一次忍不住叹息了。一个远在天边，一个独坐幽房，在火车上写的信，隔了足足两个月才送到她手中，那么她读信的当下，徐志摩又在做什么？

看不清的前路，迷雾横斜，无论多么努力，都找不到方向。

陆小曼病倒在烂漫春光里，王赓正在南京任督办浙江军务善后事宜公署高级参谋。他知道妻子的病是因为另一个人而起，却依旧担心着她的身体。

可是，他不是徐志摩那样的闲散文人，可以召之即来。王赓是一名军人，服从指挥是他的天职，擅自回家无异于触犯军规。无论他多么担心，也不能扔下手中的工作马上赶回去。

归心似箭，却公务缠身，王赓只能写信给胡适和张歆海："陆家有电报来叫我回京，苦的是我是军人，不能随便行动，说走就走。好的是一两日内，就有机会来到，可以假公济私，人亦可以来京，钱亦可以多少带点。请你二位告诉小曼，好好安心调养……我没有到之前，你们两位更得招呼她点，见面再谢吧。"

信中透露出的牵挂与疼爱，是一个丈夫对妻子的全部体贴。但这些寻常的关怀，王赓一向羞于对陆小曼表达。陆小曼感受不到他的关心，让他们之间的距离越走越远。

4月中旬，王赓从繁忙的工作中抽空返回北京。陆小曼并没有感受到他的关心，只怪他突然回来，不仅打断了她正在写的日记，也让她在之后几天里的生活忙乱不堪。

徐志摩走了一个多月，曾经剑拔弩张的气氛仿佛也缓和了许多。经过数日休养，陆小曼的病好了一大半，守在家中的王赓也跟着放心了许多。他开始考虑对陆小曼多些关怀，考虑在之后的日子里，尽量带着陆小曼一起生活。

听说王赓可能会调往上海工作，陆小曼不禁忧心忡忡，她不知道未来会有什么变数，但她清楚地知道事情不会如她所愿。

回想起徐志摩信中诉说的思念，旅行颠簸的辛苦，陆小曼只觉得心一阵阵地痛，仿佛心被一块一块地撕碎了。在越发无望的日子里，她甚至有了一种感觉，仿佛这一生再也无法与徐志摩相见，从此她便要失去灵魂，也失去所有的勇气。

心脏的不适总在折磨她。一天几次，她总是心跳加速、面红耳热。

一开始她以为是因为自己思念太深，一想到徐志摩便会心潮起伏，但很快她也意识到，这样频繁地心悸一定是病，而且这病已经越发严重。

陆小曼不敢也不愿将这些事写信告诉徐志摩，哪怕她的内心无比盼望他能马上回来，回到自己身边。

她渐渐变得沉默，纵然她的心还在为他执着地等待着。身边的一切仿佛重回过去，生活像死水一般沉寂无味。病弱的她，像春天里新生的柳枝，在王赓的忽略中，数着风平浪静的时日，等待着迎接最猛烈的暴风雨。

夜的残梦

幸福与快乐常常是一群人的，但悲伤却总属于个别人。当这个满怀悲伤的人身处幸福与快乐的氛围中，孤独便扑面而来，加剧了悲伤，让笑容成为一种面具，掩藏着背后的心碎。

陆家虽然子嗣稀少，但依旧是个亲友众多的大家庭。春光烂漫的季节，最宜相携出游，无论是呼朋唤友，还是与家人同往，都是上流社会必不可少的活动之一。

1925 年的 4 月底到 5 月初，陆小曼跟随家人前往西山大觉寺休养。她没有带日记本，反而有更多时间，更细致地体会无尽的思念。

进山那天，一群人先乘车抵达山脚，之后改乘轿子，由轿夫抬着进山。

那是陆小曼第一次坐轿上山。山路难行，轿子也跟着来回摇摆，就像船行海中遇到风浪一般，让陆小曼惊慌不已。但当她看向外面，只见十几顶轿子连成一排，宛若长蛇游水的模样，那种惊慌与害怕便荡然无存，只留下连声感叹。

坐在轿中，陆小曼依旧思念着徐志摩，但大自然永远有种魔力，能让人忘情其间，烦忧尽散。在通往大觉寺的幽静山路上，身子随着轿子摇晃，眼前景色须臾变换，远望碧空亘古温柔，陆小曼的心情也渐渐明朗起来。

一路上，她的身与心都融入春意盎然的山间，融化在春日的暖风中。

行在蜿蜒的山路上，陆小曼望见山上有一片白色，就像大雪初霁，连山石和树木都看不清，一山连着一山，全是满满的雪白。

陆小曼惊奇不已。吹在身上的风很温暖，她穿着夹衣，明显能感受到夏日将临的气息，山中为何还有不化的雪？

于是陆小曼开口问那走得满头大汗的轿夫，却引得众人大笑，笑她是城里的姑娘，连山上的杏花都不认得。

原来那满山的雪白，竟是一树连着一树的杏花，开在四五月的山间。大觉寺便在杏花之中，香林之后。

杏花的香甜，让陆小曼忘却人间烦恼，仿佛在梦中游走。快到山顶时，她迫不及待地跳下轿子，一路小跑登上最高处，向后看去，入眼是一片雪白，映着对面山坡后的斜晖，比画卷中的风景更美。

山上杏花，山脚农家。一行人除了在大觉寺住宿休养，还前往山下的庄园做客。这些庄园的主人不全是乡下人，他们更像是在山中隐居的城市倦客。

那些坐落在草色中的农家茅屋，让陆小曼忘却了自己，仿佛踏入了另一个世界，就连她自己也变成了全新的人。山林隐居的闲适，远离尘世喧嚣的宁静，让陆小曼突然感到羡慕。

她甚至开始幻想，若是到了万不得已时，她和徐志摩也可以躲进山里，花一笔钱买一座杏花山，建一处庄园，赏花收杏；或者选山脚处修几间小屋，有着柴门与竹篱，种几样蔬菜，过神仙眷侣的生活。

行则尽兴，陆小曼毫不费力地做到了，但乐而忘忧，却是她不敢奢望的。

在城中，她还可以在游戏场沉醉，去戏园、去舞场暂时地忘记自己，也忘记徐志摩。山中的清静，虽然让她看尽自然美景，却更能引发心中的烦忧，一旦静下来，伤感便挥之不去，如影随形。

身边信赖的亲友大多都同情陆小曼，也有人劝她不要瞻前顾后，兀自心软，要做就去大胆地做。可是这样的劝慰，依旧无法解开紧紧缠绕陆小曼的愁绪。

山中的夜极静，静得让陆小曼无法入眠。当白日里热闹游玩的同伴都各自回房沉沉睡去，她便被寂静抛向无边的思念中。

于是在一个无眠的深夜，陆小曼离开屋子，独自漫步。院中一片白色，寺外也是白色，杏花在夜里吐露香甜，熏得她仿佛酒醉一般。

洁白的花树之上，月亮在云间忽隐忽现，耳边有夜莺啼鸣，嘲笑她形影孤单，春色也因此变得恼人。在树下的蔓草上躺下，陆小曼忍不住低唤徐志摩的名字，似睡非睡，似梦非梦。

忽然，她仿佛听到他的笑声，感觉到手被他紧握住，甚至凑到近前，在她的颊边轻吻。陆小曼惊醒了，夜依旧静谧，身旁空无一人，而自己的右手不知在何时握住左手，身上几朵落花，花瓣拂过脸颊就像一个偷偷的吻……

蜜甜的幻境，在夜的深邃中成了残梦，忧愁与烦恼再一次将陆小曼吞噬。

我心里也再不要看眼前的美景，一边走一边想着你，为什么不留下你，为什么让你走。

山间幽静，却终是要回到北京城，陆小曼心里清楚，就算她再不愿意见到王赓，也不可能永远躲下去。

如果只有死亡才是一切的解脱，那么很可惜，她还不能追求这样的解脱。因为，在遥远的举目望不见的欧洲，还有怀着一颗真心、一腔温情的她的摩，期盼着与她重逢在更晴朗、自由的天空里。

陆小曼知道，自己已经不能再等了。

苦涩的坚守

危在旦夕

心底念着的，远在天边，想要逃离的，近在眼前。心里所想，眼中所见，皆是折磨，而在这样的煎熬中，即使是健康的体魄也尚且难耐，更何况天生柔弱的陆小曼。

在西山度过了两星期的清静时光，陆小曼一回城便再次被忧郁包围。没有了秀美的风景转移注意力，她只觉得分隔两地的日子实在是非人般的折磨。

从北京到欧洲，那距离实在太遥远，陆小曼写的那些信，缓慢地递送着，总要几十天才能完成一个往复，而她身边的形势如何能等几十天，就算是几天之内，也在不断变化着。

无处诉说的陆小曼只能在日记里写下自己绝望无助的心情。

我知道局面又要有转变，但不知转出怎样的面目来。我心神不安，不知道做什么才好，想要打电报去叫你回来，却又不敢，不叫又没有主意。摩！这日子真不如死去！

　　身边为数不多可以商量的人，都在劝陆小曼趁此机会将事情痛快说开，最好是趁着父母和王赓都在场，趁着局面还没有发生巨大的转变。若是能争得同意固然好，若是不同意再想其他办法。

　　陆小曼不知该如何是好，她唯一清楚的是，如果自己还是像以前那样软弱无力，仍然习惯性地去遵照父母的意思，那么令她痛苦的生活就永远不会结束。

　　她整个人沉浸在愁云之中，她是聪明的，无须从王赓那里得知确切的南迁消息，她只要看看家人的神色便清楚了。家里所有人都满脸喜气，特别是她的父亲，每天都带着笑容。

　　身处如此欢乐的环境中，陆小曼却觉得孤立无援。她渐渐意识到，自己在这个家中是没有地位的，因此她的意愿也不会得到重视，无论她如何抗争，最终也很难逃离这禁锢她的铜墙铁壁。

　　摩！你还不回来，我怕你没有机会再见我了，我的心脏都要裂了，我实在没有法子自己安慰自己，也没有勇气去同她们争言语的短长了。

她不想再去据理力争，因为没人认同她的道理，可她还是抱定最后的一点决心。

王赓一直在为调任上海的事忙碌着，到了5月才确定下来。

与之前每一次的独自离开不同，这一次，王赓打算带陆小曼一起走。他决定搬家到上海，让她待在自己身边，用时间和行动努力挽回她的心。

陆小曼自然是不肯的。她的态度异常坚决，她不愿再过那样绝无希望的日子。她心里清楚，一旦跟随王赓前往上海，她不仅无法出门，还将不能通信，她之前为获得自由做出的所有的努力和抗争也都将彻底白费。

王赓认为，陆小曼作为自己的妻子，跟随他南迁是理所当然的事，她不愿去，无非就是还挂念着徐志摩。为此他们大闹一场，王赓摔门而出，陆小曼则回到卧室倒头痛哭。

饱受思念之苦的她，内心本就敏感脆弱，如今更是觉得无人理解，被逼到绝路，仿佛做错事的只有她一人。

藏着心事，生着闷气，陆小曼的身体再也撑不住了。那次争吵过后不出三日，陆小曼便在参加应酬时与人起了不快。面对他人的含沙射影，陆小曼又气又恼，加上连日来的忧心，竟然当场晕倒，不省人事。

当她再醒来时，发现自己已躺在床上，许多人围在床边。她只觉得心跳得厉害，几乎要从喉间跃出，身体像被火烧一般。

凌晨三点多，医生赶来为她检查，打过针吃了药，情况却不见好转。不仅心跳没有放缓，陆小曼甚至喘不过气，更说不出话来。

医生数着脉搏，满屋的人都是满面愁容。看到这情况，陆小曼明白自己病得不轻。

胡适向医生询问病情后，趁着无人注意，走到陆小曼床边，在她耳边轻声低语地问："要不要打电报叫志摩回来？"

因为心跳过速和缺氧，陆小曼的神志并不是很清醒，但她清楚地听到这话，让徐志摩回来，是她要不行了吗？胡适看出陆小曼的慌乱，连忙安慰她说病情不要紧，只是问她一声。

陆小曼何尝不希望徐志摩能飞越几千公里回来，陪在她的床前，可她知道，就算他匆匆回来，守在她床边的也不可能是他。

一想到这里，她的眼泪便随着病痛一起袭来。她说不出话，只是轻轻摇头。她想他，但她不想他回来，至少当下不想。

家中的简单治疗已经无法控制陆小曼的病情，医生建议让她休息到天亮，之后送进医院进行全身检查。

5月21日，陆小曼住进协和医院。

打针，照X光片子，用药……好不容易才将她那狂乱的心跳止住，到彻底平稳下来，已经过去一天一夜。

陆小曼的身体本就羸弱，经过这番折腾，虚脱得瘫软在床上，连抬手的力气都没有。当她昏昏沉沉睡了一天，终于清醒过来时，却看到了徐志摩回复的电报。

原来在她住进医院的第二天，胡适便瞒着她给徐志摩发了一封电报，告诉他陆小曼突然发病住院。徐志摩万分焦急，立刻回电询问，看着回复的电报，想着徐志摩焦急的神色，陆小曼那颗柔软的心也跟着焦急起来。

她根本没有力气写信，又怕徐志摩不顾一切地直接赶回来，只好让胡适想办法替她隐瞒病情。哪怕此刻的她可能已经危在旦夕，她想的，心里念的，依旧是愿他安好，愿他勿念。

两个世界

陆小曼住进医院，受尽折磨，王赓同样心急不已。但一想到他们才刚刚发生争吵，陆小曼未必愿意见他，他也实在无法放下面子去向陆小曼道歉。

犹豫再三，王赓最终没有陪在陆小曼床前问候她、关心她，甚至没有和她多说什么。他希望自己的回避，能让病中的陆小曼心情好一些。

上海是不能一起去了，军令在身，王赓无法久候，只能托付几个朋友帮忙照顾陆小曼，独自前往上海就任。

王赓走得很孤单，他背负起了所有的愧疚，甚至不再提南下的事，只希望陆小曼能在尽可能舒心的环境里好好养病。但他的那些苦心，并没有传达给陆小曼，更没有得到对方的理解。

陆小曼只觉得自己的心更冷了，她在医院里病得如此严重，王赓却转身便走，果然还是官位要紧，而她和她的病是无所谓的。

内心的冰冷，让她更加想念远在欧洲的徐志摩。起先，她见众人都不肯告之她的病情，以为自己时日不多，因此很想让徐志摩尽快回来，却又怕他长途跋涉回到国内时她的病已经痊愈，白白大动一场干戈。

所幸住院后的第三天，医生与陆小曼认真地谈了一次，告诫她如果再胡思乱想，心绪不平静，便会有生命危险，回天乏术。世间事都在人为，若是没了性命，便是还没开始就已经失败了。

医生的劝诫虽然没能帮陆小曼解决眼前的难题，却解开了她的心结。从那天开始，陆小曼便安心静养，白天与来陪伴的胡适等人聊天，晚上也睡得很早。就这样过了一个星期，她的病情才开始好转。

在医院度过了 20 天，陆小曼终于在 6 月下旬回到家，等待她的依旧是一屋子的静和越发强烈的思念。

王赓的离去不仅让陆小曼心灰意冷，就连吴曼华也对这个女婿感到不满。但她依旧希望陆小曼与王赓的婚姻能继续下去，无论是出于对陆小曼名声的考虑，还是出于对家族声誉和发展的考虑。

真正让事态出现转机的人是刘海粟。

从那年春天开始，陆小曼便跟随刘海粟学画。陆小曼不能出门，因此刘海粟经常出入陆家，二人很快便熟识起来。他性格洒脱，与陆家上下相处得极为融洽，吴曼华本就十分欣赏刘海粟的才华，又因为他们同是常州人，对他更是多了几分信任。

也正是有着这样的关系，吴曼华才私下里向刘海粟说起陆小曼的婚事。出身于名门世家的吴曼华很在意女儿的名声，结婚，离婚，之后再结婚，在她看来是极失体统的丑事。刘海粟指出，若是这件事一直拖下去，陆小曼的病很难养好，而且徐志摩在文化圈里也很有名望，足以与陆小曼相配。

作为母亲，吴曼华希望女儿能获得幸福，尤其是陆小曼已经为情所困遭受了这么多折磨，但同时她也担心人言可畏。

吴曼华这一边终于不再强硬地反对，刘海粟连忙让胡适给徐志摩发电报，让他早些回国。感情上的事，从来就无法代办，徐志摩必须自己回来与陆家和王赓处理这些事，才能真正如愿以偿，抱得美人归。

屋外是春夏之交的美景，陆小曼的眼中却只有昏沉的颜色，心中更是阴雨缠绵。

在遥远的书信的另一端，仿佛是两个全然不同的世界。外面鸟啼阵阵，宽大明亮的窗子将阳光毫无保留地投进屋里，餐桌上的米白色桌布干净柔软，一切都是那样浪漫悠闲。

徐志摩的心思虽不在欧洲，却也依旧被这美好的景色慰藉，得到心灵的片刻宁静。正是在这样的环境中，他收到胡适的电报，上面写着陆小曼病了，具体病情要等医生第二天报告。

心急如焚，徐志摩急急地回了电报，但直到第二天，他才得到胡适回电，只说"一切平安"。得知陆小曼没有危险，徐志摩便又开始忧虑她的病情到底如何，是否能很快康复。

回想起之前陆小曼寄来的信上那潦草的字迹，徐志摩知道，她一直病着。但此刻，他还是极为乐观地盼望着陆小曼的身体尽快恢复，与胡适一起到欧洲来找他。

陆小曼的信仍是未曾收到，泰戈尔那边也是没有音信。

早在 4 月末，张幼仪便返回柏林继续读书，徐志摩也离开威尼斯前往佛罗伦萨，在那里租了房子暂居，并写信给泰戈尔询问行程。

他在佛罗伦萨的住所是一座别墅，坐落在群山环抱之中，花园美丽，夜莺婉转。在这里，徐志摩疯狂地想念着陆小曼。

6 月 11 日，仍未收到任何消息的徐志摩，怀着浪漫之情，写下了《翡冷翠的一夜》，仿佛是代替陆小曼写给自己的心声。

> 天上那颗不变的大星，那是你，
> 但愿你为我多放光明，隔着夜，
> 隔着天，通着恋爱的灵犀一点……

哪怕身处两个全然不同的世界，徐志摩仍然相信，他们是在一处的。心在一处，神在一处，身也终将完完整整地在一处，心、神与身，一同迎来圆满的幸福。

音书已迟

距离无法拉远两颗心，却能吞没音信，让许多事来不及知道，便已经成为过去。

有时，明明心爱的人需要安慰，远在天边的离人却无从知晓，而当消息送达，离人神伤，曾经渴望着温暖慰藉的心，已经千疮百孔，自行疗愈。无论是爱的告白，还是泪的轻拭，一切都来不及，他低下自己的肩膀，她却已经哭累了。

6月里，徐志摩收到胡适的信，告诉他陆小曼离婚的事已经有了眉目，他可以回国了。

徐志摩心上的一块大石终于落地，他几乎像个孩子一般喜悦。他为陆小曼终于能摆脱牢笼而雀跃，更为他们即将迎来灿烂的未来而倍感幸福。从此他无须再担忧陆小曼的处境，只等与泰戈尔见面后便可以回国。

泰戈尔的回信也在6月寄到，信上约定8月一定前往欧洲与徐志摩相会，要徐志摩务必要等他。

有了准确的消息，徐志摩暂时安定下来，心情颇好的他离开佛罗伦萨，前往巴黎见朋友。

可是，他依旧收不到陆小曼的信。

他每天早上醒来，戴上眼镜，衣服也不换便下楼去看信，整个人魂不守舍，一天都在难受中度过。写给陆小曼的信，一句句全是催促，催她为何还不写信给他，问她是不是忘了他这个如孤魂一般漂流在外的爱人。

浪漫的巴黎，悲情的戏剧，都让他的心更加尖锐地痛了起来，他开始幻想着，哪怕是"渡过死的海"，他们的"灵魂也得结合在一起"。

要在一起，成为徐志摩唯一的念头，他想要和陆小曼在一起，无论去哪里，无论去做什么，一定都是最浪漫最幸福的人生。

他在那段时间里写下的信，都在不断地鼓舞着陆小曼，要她突围出来，要她尽快将离婚的事妥善解决，前往欧洲，和他一起投身于新的生活中。

"你决定的日子就是我们理想成功的日子，我等着你的信号。"他盼望陆小曼将自己的计划与胡适商议，盼望他们在秋天前往欧洲与他相会。

满怀热情的他并不知道，那时的陆小曼拖着病弱的身体，仍在泥潭中跋涉。她刚刚离开医院，纵然回到家中，那颗脆弱的心脏也没有放过她，依旧不安稳地狂跳了几天，才算真正平静下来。

盼望着，盼望着，她的信在 6 月下旬送达徐志摩手中，那些信全是前往西山休养归来后，在那个充满了斗争与冲突的 5 月里写成的。

直到此时，徐志摩才知道陆小曼住进医院之前经历过的痛苦和无助。她是满身的病，满心的痛，他却溜到了海外，不能为她分担丝毫苦痛。

想起自己之前还在为收不到信抱怨连连，妄自猜度，徐志摩万分愧疚，更无比心疼陆小曼。对她的爱与怜惜，在心底化成一片思念的海，而他溺在其中，望不到岸。

音信的迟缓，让两人的心意很难时刻相通。6 月底，刚刚病愈出院的陆小曼在聚会上听人说起有人在巴黎见过徐志摩，说他在巴黎好不快活，整天跳舞，还与一个胖女人同住。

这些话让陆小曼如坠冰窟。无暇去分辨事情的真伪，她只觉得心痛不已，转念想起自己还在北京苦苦煎熬，却不知是为了谁、为了什么。

患得患失，昼夜难寐，为陆小曼带来光明与快乐的爱情，同时也有着又甜又酸的味道。想起徐志摩刚刚寄到的信中对她的声声呼唤，想到那信纸上满满的至诚与相思，又想起听到的传言，陆小曼只觉得一切都是幻影，世间再没什么是值得相信的，再没什么能托付一颗真心。

此时的徐志摩感受不到陆小曼的悲伤。7 月，他从巴黎前往伦敦，看望狄更生等朋友，虽然满怀着对陆小曼的思念，但徐志摩的心情却很轻松。他以为，陆小曼身边的一切都恢复了平静，她病愈出院后自然会与王赓离婚，并做好迎接新生活的准备。

可惜的是，胡适的消息并不准确，陆小曼离婚一事的确有了希望，但刘海粟只是劝动了吴曼华，这只能代表陆家的意见，至于王赓那一边，并没有同意离婚。陆小曼的自由之路依旧举步维艰，但向来要强的陆小曼又怎会将这些告诉徐志摩？

无法询问，无法证实，更不可能得到徐志摩的安慰。陆小曼用了很长时间才让自己重新冷静下来，她不信她的摩会那般无情，会不挂念在北京受苦的自己，在欧洲的浪漫春风中寻欢作乐。对于徐志摩的真心，她依旧选择无条件地相信。

可是，就在她打起精神，决心继续等待时，却等来了王赓的信。

7月中旬，王赓来信催促陆小曼动身。他在信中的语气几乎没有商量的余地，那是严厉的、命令一般的口气。信上，王赓要求吴曼华马上送陆小曼去南方，并表示如果这一次不去，以后也不用去了。

这封信在陆家掀起了惊涛骇浪，他们聚在一起，商量着要将陆小曼送到上海去。陆小曼知道，若是自己再强烈反抗下去，一定会被父母强行送走。

她不能走，她还要留在北京等徐志摩回来。

之前，陆小曼一直不愿将徐志摩卷入自己的离婚纠葛中，她想证明自己离婚是因为幡然醒悟，而非徐志摩的蛊惑。但她知道，该来的总会来。

纵然音书难通，纵然她想以一人之力将所有事都妥善处理，交给徐志摩一个清清爽爽的崭新的自己，如今她也必须想办法通知他回来了。

请归来吧

心中有所寄托，才能生出无限勇气，就像源源不断的生命之泉，永远涌动着希望的光明。

在陆小曼心中，徐志摩是她唯一的寄托。他带给她生活的欢喜与光明，她无比想抓住那一丝光明，但现实却逼迫她重新回到昏暗的牢笼中。

面对家人的催促，陆小曼一改之前骄横的脾气，她努力让自己冷静下来，对于信上说的尽快南下，她装作毫不在意的样子，仿佛看不出王赓的愤怒。至于何时动身，她更是摆出一副何必着急的模样。

她不吵不闹，表示可以去上海，却又说不急在一时，凭什么王赓一封信寄来，她就必须马上启程呢？

既然拖延不成，那便只能敷衍，将母亲应付过去，争取时间再做打算。但她的心思吴曼华又怎会不知道，于是当场要求她必须在一星期之内动身。

心里的想法被母亲识破，陆小曼又气又急，当着众人的面再一次心跳过速，直接当场晕倒。等她醒来，众人虽然没人再敢多言刺激她，却依旧没人站出来替她求情。

陆小曼知道，他们的想法并没有改变，只是在等她恢复健康。

在距离希望最近的时刻，重新坠入黑暗之中。经过刘海粟的劝说，明明态度已经有所缓和的吴曼华，却因为收到王赓的信件，再一次对陆小曼展开了逼迫。

一时间，陆小曼心如死灰，觉得一切都完了，上天没有眷顾她。若是这一次她被母亲逼着离开，或许她与徐志摩连此生最后一面都无法见到。

无人可以诉说，能商量的人也只有胡适，但胡适早已表态过，他一向主张陆小曼应该尽早决裂，快刀斩乱麻。可是，陆小曼没有这样的勇气，她只盼着徐志摩能马上飞回她身边，将她从这可怕的旋涡里救出。

之前的大病，陆小曼几乎是死里逃生，却也因祸得福地暂时留在了北京。因为人在病中，无论遇见什么事，她都有借口推托，因此陆家并没有催促她尽快南下与王赓团聚，但如今王赓来信催促，拖延已经没用了。

上海之行，是她身为王赓妻子注定躲不过的安排。在层层重压下，陆小曼的心情已经临近崩溃边缘。

这一次，她没有别的办法，只能给徐志摩发出电报，说自己病了，要他回来。

收到陆小曼的电报，徐志摩心里喜忧参半：喜的是他终于又能见到他可爱的小曼，忧的是她那病弱的身体。此时的他并不知道陆小曼的情况，更不知道她面临着怎样的绝望。

可是，他们之间有着他人无法懂得的默契，那是真正的心有灵犀。陆小曼在电报中并未多言，徐志摩却知道他必须尽快回去。

虽然看不到她的人，他却能感觉到，发出这封电报时陆小曼有多么焦急无措，仿佛她就立在他面前哭泣，眼泪淋湿了整个世界。

陆小曼之前的几封信中透露出的绝望语气，也让徐志摩难过万分。让陆小曼为难的是她母亲努力维护的"面子"，但在徐志摩看来，保全面子又能算什么呢？气愤之余，他决心要将陆小曼从牢笼中心拉出来，无论是入油锅还是上刀山，这一次都要成功。

原本早已归心似箭的徐志摩，再也按捺不住。之前与泰戈尔的秘书约好去他的庄园做客，现在写信说不去了，之前答应泰戈尔等到 8 月相见，现在发一封电报说不等了。

距离 8 月还有十几天，徐志摩已经买好船票返回巴黎，办好苏联政府的签证，归心似箭地踏上了回去的路。

　　就让他回到她的身边，即刻；就让他与她一同面对和承担一切，永远。

从此一别你宽

她有死志

在追求自由的道路上，每一步都是艰难与考验，更何况陆小曼生在传统的名门世家，想要冲破阻碍更是难上加难。

陆小曼虽然发出了电报，但她知道，就算徐志摩马上返程，也要大概 20 天的时间。在这漫长的时间里，她必须再做些什么。

她不能眼睁睁地看着自己的幸福彻底毁灭，也不能麻木地按照父母的希望，与王赓维持这段没有感情的婚姻。

因此，苦思冥想了一夜，陆小曼重新寻回勇气，她决定为了自己的未来再去努力争取一次。

从小到大，父母对陆小曼几乎是百依百顺，只求这个唯一活下来的女儿能够健康长大。因此对于父母，陆小曼向来尊敬，却从不惧怕。

第二天早上，她便找到父母，扬言如果一定要逼她去上海，她便立刻就死，反正去了那边也一样是死，只不过时间早晚不同罢了。

陆小曼原本想以死来要挟父母，让他们不敢再逼迫自己，没想到，她的父母听到这话并没有动摇，反倒说要死大家一同死。

威胁不成，陆小曼率先败下阵来，她再也没有其他办法。她舍不得去死，若是死了，就真的再也见不到徐志摩了。若是不死，接下来要面对的日子是那样的死气沉沉，早晚也要将她那本就柔弱的生命吞噬干净。

陆定夫妇没有看错，陆小曼只是想用这样的方式威胁他们，同时也向他们表达自己的决心。可是，她的决心又有何意义？能让她在与王赓离婚时全身而退吗？能保护她在离婚后不受外界指点吗？能保护陆家的颜面吗？

和陆小曼相比，身为父母的陆定夫妇想得更多，顾虑得也更多。如果爱情是一场美梦，那么陆家上下只有陆小曼一人做着这样的好梦。

陆小曼被惯坏了，她以为父母如此疼爱她，若是她以死相逼，他们一定会紧张、会心软、会妥协，却没想到，她的抗争完全没有效果。

见父母不肯让步，陆小曼痛苦万分。她很想躲回自己的房间，却被父母拉住，一番商量，苦苦哀求，到最后竟是泪水涟涟。在陆定夫妇看来，离婚是一个家庭中最令人羞愧的事，若是陆小曼这样做，他们便没脸再见人。

就这样一直说到日落，手帕哭湿了几条，吴曼华甚至许诺，只要陆小曼再给王赓一次机会就好。若是这次去上海他再对她不好，便由老人出面帮她离婚，但条件是，这一次无论如何都要听话，乖乖到上海去。

面对父母的哀求，陆小曼终于退让了，她舍不得让年迈的父母忧心，更不愿让他们羞愧至死，于是她决定牺牲自己，牺牲自己的幸福。

从开始时斗志高昂，怀着什么都不怕、非达到目的不可的决心，到最后独自一人妥协的大败而回，陆小曼彻底绝望了。萎靡的精神让她原本虚弱的身体也跟着失去了力气，她感到自己正在渐渐枯萎，曾经满是希望的心中成为干涸的荒漠，再也看不到任何光明。

那本约定为徐志摩写下的日记，陆小曼也提笔写下了最后一篇。

曾经以为，这本日记会伴着她从暗室走向光明，能成为从忧愁里生出欢乐的纪念；曾经以为，这本日记可以一直写下去，写到她与徐志摩白头到老，再翻出来，一起读，一起回忆，当故事去缅怀。没想到，最后却是这般收场，从此再无任何意义。

以前的一切就像一个短暂的好梦，幻影般轻易消散。

此时的陆小曼，只祈祷徐志摩能在两个星期后赶回来，与她做最后的诀别。

日记的最后一篇，向来要强的陆小曼写得撕心裂肺，仿佛徐志摩就坐在她身边，陪伴着她，凝望着她，倾听着她。但她明白，即使是这样的一点安慰，在之后昏暗的人生中也将不复存在。

> 我只能忍痛地走——走到天涯海角去了，不过——你不要难受，只要记住，走的不是我，我还是日夜的在你心边呢！我只走一个人，一颗热腾腾的心还留在此地等——等着你回来将它带去呢！

在那一刻，陆小曼怀着锥心的痛，与心中的徐志摩诀别。她想，用不了多久，她的灵魂也会跟着死掉；她想，从此自己便是一具麻木的躯体，行走在昏暗的世间，而她的志摩，将随着生命中的光芒，永远封存在记忆中。

短暂欢愉

去时彷徨，满眼风霜望不尽；归时急迫，千里绝尘星夜路。

接到电报即刻归返的徐志摩马不停蹄，只用了十几天的时间，便在 7 月底赶回了北京。

他与陆小曼已经有三个多月不曾相见。抵达北京后，徐志摩很想从车站直接去看陆小曼，但一想到之前收到的信中，无论是胡适还是陆小曼都不曾详细讲述近期的情况。为了稳妥起见，徐志摩只能暂时忍下思念，回家换上衣服便径直前往胡适家拜访。

因为返程匆忙，徐志摩没有提前通知胡适，看到徐志摩突然回来，胡适也惊讶不已。无心客套，徐志摩简单地讲述了自己在欧洲的旅程，之后直接问起陆小曼的情况。他急于知道事情的全部过程，越详细越好。

这一次，胡适没有再隐瞒陆小曼之前生病的事，他将徐志摩走后陆小曼为何生病以及王赓来信催促她南下的情况一字不落地告诉了徐志摩。

徐志摩的心狠狠地疼了起来。直到这时，他才知道陆小曼经历了什么。

原来，当他在欧洲快活游玩时，他心爱的眉独自经历了那么多的苦楚。她自己熬着，与一群人抗争，想一个人处理好所有事，不让徐志摩担心。

讲到最后，就连胡适都忍不住对陆小曼的勇敢连连感叹，认为世间男子也无法和她相比。的确，看上去柔弱无助的陆小曼，在突变中展现出的冷静与决然，就连徐志摩也感到需仰望才可。他爱上的她，内心坚韧而勇武，仿佛受难的殉道者，不声不响地走在遍布荆棘的路上。

各种消息中最好的，是刘海粟已经说服了吴曼华，同意不再阻拦陆小曼离婚，这让徐志摩大为高兴。不过，为了避免节外生枝，胡适建议徐志摩暂时不要前往陆家。

明明在同一座城市，却暂时不能随时相见，这何尝不是一种折磨。但他们依旧可以书信往来，在笔端、纸上倾诉浓烈的爱意。他们还可以在朋友的聚会上相见，也可以一起出游，一起看电影。

陷入热恋的人，相伴永不觉腻，离别分秒却都是煎熬，这样浓烈的情感，被徐志摩写进日记。每当他写下一个"眉"字，每当他在给她的信中说爱她，他的思绪便像蚕丝一般更紧密地围绕着她。每次忍不住低呼她的名字，炽热的心都会为她多跳一下。怀着这样的心绪，徐志摩几乎要崩溃了。

他怀着满腔苦闷写下许多诗，每一首都会拿给她看。起先，陆小曼读得还很感兴趣，但时间久了便开始不耐烦起来。其实，她并不爱看诗，对文学的兴趣也很一般，她爱徐志摩的诗，是因为那些诗是写给她的。

于是，徐志摩开始焦躁不安，开始委屈和埋怨，怨她把他从万里路之外叫回来，却连一个清静谈话的机会都没给过他。北海夜泛舟，香山寻幽处，却极难有两人独处的时光，徐志摩有着十二分的热情，陆小曼却变得没那么主动。

他开始茫然惶惑，他不知道自己还能说些什么，好像他所有的话早已全都说完，却又像是什么话都没有说过。

一次舞会，陆小曼为了避嫌有意不理徐志摩，只与别人跳舞。徐志摩忍无可忍，不顾一切地邀请她跳舞。那一支舞，安抚了他所有的不满与焦躁，让他重新沉浸在蜜一样甜的幸福之中。即便是舞会结束，徐志摩依旧念念不忘。

"我觉得从没有经历过那样浓艳的趣味——你要知道你偶尔唤我时我的心身就化了！"纵然前方还有很长的路要走，还有很多难题要解决，但徐志摩已经感受到，幸福也不是不可能的。

那时的徐志摩满怀热情与爱意，会因为得不到回应而焦虑，会因为感受到冷落而猜疑；那时的陆小曼，则有着自己的无奈和痛苦，她不忍让徐志摩在爱中备受煎熬，却也没有办法。

她从小被父母娇惯，意志向来不够坚强，更何况她如今还没有和王赓离婚，她体会过人言可畏，更怕自己与徐志摩相处得太亲热，让王赓忍不住采取非常手段。她有千种忧愁，万般纠结。她与徐志摩都明白，背负着如此沉重的负担，他们不可能有真正的欢乐。

一边浑浑噩噩地消磨时光，一边认真奋进地生活；一边是不可理喻的传统家庭，一边是海阔天空的自由世界与人生；一边是陆小曼从前的种种习惯，是她的寄母、舅母与各类朋友，而另一边是徐志摩与她的爱。

立在天平中央，陆小曼的内心被不断地撕扯着，疲惫不堪，却又无论如何不愿放弃逃出枷锁的机会。

只要她还没有与王赓离婚，上海之行便是无法逃避的责任，只要她留在北京一天，就难免风言风语落人口实。在这样尴尬的处境中，任何欢愉都只能是短暂而虚妄的。

陆小曼与徐志摩的感情，水虽到渠却未成。在那个没有女人离婚的年代，挡在他们面前的是厚厚的高墙，想越过这堵墙，谈何容易。但只要冲破这座传统与舆论的高墙，便是新的世界。

鸿门苦酒

若心没有带来，人走到哪里都是枉然。不会笑，不会快乐，更可怕的是，感受不到爱。

陆小曼是被逼到上海的，心不甘情不愿，她的情绪不好，身体状态也跟着一落千丈。

徐志摩的难过与悲愤，丝毫不比陆小曼少。转眼已是9月初，他回国已经一个月了。在他取消活动星夜兼程地赶回来前，脑海中想象的全都是自己与陆小曼的新生活，可当他回来后，却发现现实永远不如想象的美好。他的小曼依旧嵌在那无情又坚硬的石壁之中，无法脱身，更无法与他双宿双飞。

对于陆小曼的境遇，徐志摩万分心痛，但有些话只能陆小曼自己去说，有些事只能陆小曼自己去承受，他所能做的，只有陪伴。

可是，他想给的陪伴也同样不现实。他该以什么样的身份去陪伴呢？他的出现拯救了麻木的陆小曼，但对于王赓与陆小曼的婚姻来说，他是那个不该出现的人。

即便如此，他还是紧随陆小曼的脚步去了上海。曾经，他已经让陆小曼独自一人面对了太多风雨，这一次他要陪着她共同去经历。他不知道自己能做什么，只知道自己想离她近一些，再近一些就好。

两个人之间一旦有了裂痕，再相处时总有芥蒂和怨愤。陆小曼怨王赓不肯放手，而王赓则时刻疑心陆小曼会头也不回地离开自己。王赓变得越发急躁，而一向骄傲任性的陆小曼，对王赓的容忍能力变得越来越低。

陆小曼怀着这样的心态抵达上海不久，她与王赓之间便发生了不愉快的事情。

一天，与陆小曼并称"南唐北陆"的上海名媛唐瑛邀请王赓和陆小曼吃饭。王赓因有事先行离开，临走前叮嘱陆小曼不要单独跟他们出去跳舞。

陆小曼答应了，但当众人纷纷邀请她外出跳舞时，她因为不好拒绝，便要跟大家一起上车。不料她的举动刚好被折回来的王赓看见。

王赓愤怒不已，认为自己在陆小曼面前毫无权威，于是当众斥责陆小曼，言辞激烈。这让陆小曼大受委屈，陆小曼的父母得知此事，也开始认真考虑，同意陆小曼与王赓离婚。

抵达上海的徐志摩根本见不到陆小曼，她不是与王赓在一起，便是与自己的母亲在一起，于是徐志摩先去找刘海粟想办法。

见到刘海粟，他讲了自己在欧洲的经历，更讲了自己对陆小曼的痴情，并感谢刘海粟一直帮助自己向陆小曼说情。

可是，徐志摩依旧忧心忡忡，向王赓提出离婚这至关重要的最后一步迟迟没能迈出。他担心这样拖下去，陆小曼最终会受不住压力，再一次屈服。刘海粟答应想办法帮他们，找个机会将这件事提出来，既不伤王赓的面子，又让他知道大家和陆小曼母亲的意思。

虽然刘海粟已经答应相助，但徐志摩实在受不住思念的折磨，9月10日，他给王赓写信提出要去拜访，王赓同意了。徐志摩不仅见到了王赓，还得到了与陆小曼单独会面的机会。

爱得如此艰苦的两人终于光明正大地相见了。"金风玉露一相逢，便胜却人间无数。"

陆小曼曾对徐志摩许诺，总有一天会报答他，但那一天到底是哪一天，他们不知道。他只能在等待中不断煎熬，一次次感到自己已经无法再等下去。

难得的会面，在徐志摩的脑海中烙下深深的印记，陆小曼明亮的眼睛，还有那满是爱意的轻吻，都让他想起她那动人心魄的誓言："完全是你的，我的身体，我的灵魂。"

徐志摩与陆小曼宁愿共同赴死以求完全的结合。他们爱得炙热，就像郁达夫所说，徐志摩热情如火，陆小曼温柔如绵，当他们遇见，自然烧成一团，根本不顾伦教纲常，更无视宗法家风。

对他们来说，唯有爱是足以凌驾于生命之上的大事。

正是这样对爱纯粹得近乎疯狂的追求，让徐志摩与陆小曼敢于不顾身边亲人的痛苦，不顾背叛丈夫、伤害朋友，不顾让父母颜面扫地，奋力争取自己向往中的幸福生活。

很快，由刘海粟做东，邀请徐志摩、陆小曼、王赓、吴曼华以及唐瑛、李祖法、杨杏佛等人的宴会在上海著名的功德林素餐馆举办。

陆小曼抵达上海后，早已与王赓谈过，她明确地告诉王赓，他们之间已经再无可能，但王赓却依旧难下决心，如今与陆小曼、徐志摩和吴曼华坐在一起，王赓心里清楚，这一场宴席的目的并不简单。

唐瑛与陆小曼虽然认识，却并不算熟识，其他几人也身处不同的圈子，刘海粟却将这些人邀来同桌共饮，有他自己的打算。

当时，唐瑛即将按照家中安排嫁给李祖法，但李祖法的好友杨杏佛却爱上了唐瑛，这三人的情况与徐志摩、陆小曼与王赓极为相似。

席间，刘海粟谈起爱情与婚姻的关系。刘海粟曾经逃过婚，当他提出婚姻应该建立在两人感情融洽的基础之上时，在场的众人便都意识到，这一次功德林的宴席，其实是徐志摩与王赓的公开交涉，也是王赓的"鸿门宴"。

王赓为人严肃，却并不迟钝，看看坐在宴席上的吴曼华，他知道离婚这件事已经征得了陆家的同意，他与陆小曼的缘分将彻底结束，从此一别你宽，眉自欢喜。

起身敬酒时，王赓面色平静，没人看出他内心的汹涌波澜，他说："愿我们都为自己创造幸福，也为别人的幸福干杯！"他将那杯酒一饮而尽，之后便借口有事先行离开了。

那一场酒席，佳肴美味，宾客靓丽，却有着最苦涩的酒与各自无法言说的心事。

第三章　苦尽不见甜来

如果爱是一切
　　那么你我
　　　　便是世上最富有的人

我拥有你，拥有你的爱
　　就是带进坟墓也是一种骄傲
你拥有我，拥有我的爱
　　拥有我的感情，那是我的指南
还有我的冲动，那是我的风

爱

烟波如愁

那一次精心策划的宴会过后，一切恢复了沉寂，仿佛什么都未曾发生过。

刘海粟敬佩王赓的胸襟，徐志摩却认为王赓并没有表态，而是在众人面前暂时选择了回避。

太渴望结果的人，更容易患得患失，会担心节外生枝，会担心无法得偿所愿。因此，对于王赓的态度，徐志摩猜测了许久，甚至产生不妙的预感。为了避免夜长梦多，徐志摩决定向王赓表态。

有些话，刘海粟不能替他说，吴曼华同意离婚也没有用，就算是陆小曼与王赓谈过也不行。那些话只能他自己对王赓说，即便难以启齿，即便心中有愧。

所以宴席结束后，徐志摩便给王赓写了一封英文长信，他写得很诚恳，除了写自己对陆小曼的深情，也写自己对王赓这位同门师兄弟的敬重与愧疚。

但这封信宛如石沉大海，王赓迟迟没有回复。在宴会上，王赓的确表现得通情达理，但在那之后却没有立即与陆小曼离婚。这让徐志摩感到极为不安，他觉得事情的发展已经脱离了他最初的想象，也脱离了控制。

在写给胡适的信中徐志摩表示，整件事情越来越像一个闹剧，陆小曼"百二十分的顾忌，我的百二十分什么也就不用提了。惨极亦趣极……"

除了为陆小曼的事忧心，徐志摩自己也不好过。徐申如虽然希望徐志摩再娶一位合心意的妻子，却坚决反对他与陆小曼的事。

烦闷不已的徐志摩苦守上海，等待陆小曼离婚，但他实在无事可做，只能前往杭州，去西湖散心。

无论何时，西湖都有着醉人的美景，徐志摩也约了陆小曼一起，但陆小曼却没能同行。

见不到陆小曼，徐志摩的游玩完全心不在焉、浑浑噩噩。他总想起王赓那一天宴会上的态度，离开前与他握手的神情。他总觉得王赓表现得古怪，总觉得其中还藏着什么变数，会将他与陆小曼彻底地分开，就像银河横穿天际，隔开了牵牛、织女。

诗人特有的敏感与哀伤又在此时占据了他的内心。他感到自己原本是站在一处光亮的地方，而陆小曼的迟疑和犹豫就像向他投来的一片黑色影子。那影子落在他的身上，无法摆脱，让他只觉得昏暗无力，痛苦万分。

徐志摩在西湖苦苦地等待，甚至到车站去悄悄等待，陆小曼却依旧没有出现，也没有任何音信。

烟霞岭的桂花早已开过，却被风雨吹散。大雨中的他仿佛羽毛尽湿的鸟。曾经高耸的雷峰塔已经倒下，成为青翠的荒土，抬眼望去，皆是萧瑟。没有陆小曼，一切仿佛都失了斑斓的色彩，索然无趣。

他一个人到灵隐寺去，躺到亭下石凳上，用陆小曼的手绢盖住脸，想在梦中见一见她。一想到陆小曼很可能又陷入母亲和丈夫的胁迫中无法挣脱，他便仿佛与她一起苦着，痛着，同样看不到希望。

在无人的烟波中，徐志摩昏昏沉沉，愁绪难解的内心，诗意缠绕，却烦闷得无心认真地写。他只想携着她的手，向着月色更明亮的地方走去，让她在安静的庭院中赏花，而他看着她，便已足够。

西湖之行，终究在陆小曼的失约与徐志摩的凄凉中结束了。徐志摩不再苦苦等待，而是先行回家见父母。

那时的他以为一切都已经结束，拼尽力气、想尽办法才争取来的机会，却被王赓的回避轻飘飘地解决了。他的那本为陆小曼而写的日记，有着欢喜的开篇与凄惨的结束，从此也失去了意义。

徐志摩不知道的是，就在他心灰意冷时，王赓也在抉择面前备受煎熬。

王赓重视陆小曼，虽然他不善于言辞，更不懂得如何让陆小曼开心，但陆小曼优秀、耀眼，她是那个时代成功男人最理想的妻子，王赓也曾为自己能拥有陆小曼这样的妻子感到自豪。但现在，她却说自己不快乐，不幸福，她铁了心想要逃离。

王赓相信徐志摩对陆小曼的爱，因为陆小曼是那样美好，可是他也爱着陆小曼。如果不能拥有，那么成全对方的幸福，是不是也是一种爱？

陆小曼疯狂地爱着徐志摩，为了徐志摩，她不顾一切地想要离婚；徐志摩也疯狂地爱着陆小曼，想要与陆小曼双宿双飞，做一对情投意合的神仙眷侣；而王赓呢，他只能用深沉的爱与宽容，还陆小曼以自由，希望她得偿所愿，拥有属于自己的幸福人生。

王赓彻底放手了，他同意与陆小曼离婚。

终于得到自己想要的结果，陆小曼忍受不住长期以来的压力，失声痛哭起来。她心里清楚，王赓没有做错什么，只可惜他是她生命中那个错的人。到最后，他都保持着应有的风度，不曾为难陆小曼半分。

王赓同意离婚的消息，徐志摩是先于陆小曼知道的。王赓在做出决定之后，怀着痛苦的心情，先回复了徐志摩的英文长信。王赓的回信很简短，他将自己的决定告诉了徐志摩，并要求徐志摩好好照顾陆小曼。

> 我们大家都是知识分子，我纵和小曼离了婚，内心对你也并没有什么成见；可是你此后对她务必始终，如果你对她三心二意，给我知道，我定以激烈手段相对的。

收到王赓的正式答复，徐志摩心情极为激动，同时也对王赓的胸怀钦佩不已。他郑重地回信，许诺自己会照顾好陆小曼。

王赓有着君子般的坦然，徐志摩自然报之以信任。收到信的当天下午，徐志摩便离开上海，乘火车返回北京，也将曾经那些如烟波一般萦绕不去的愁绪，和王赓一起，留在了身后的江南之地。

得偿所愿

也许好事都多磨，相爱的人想要走到一起，总要经历无数考验，闯过无数难关。

徐志摩与陆小曼的爱情也是如此，老天不肯怜悯，亲人不肯理解，朋友也多不支持，但越是艰苦，越能激起人的奋发。

得到王赓承诺的陆小曼，忽然开始不忍心催促他。她知道王赓做出这样的决定很难，也知道他当时的处境艰难。

虽然身居要职，但王赓那双高度近视的眼睛看不清官场风云，屡屡受到打压，更因为购买军火上当的事被关押起来，他与陆小曼的离婚手续便一拖再拖。

终于，陆家长辈出面了，只不过这一次不是吴曼华，而是陆小曼的父亲陆定。

陆小曼与王赓的离婚已成定局，手续却迟迟没有签字办理。于是，身在北京的陆定给上海的律师亲戚李祖虞发电报，委托他尽快帮助陆小曼与王赓办理离婚手续。

1925 年年底，王赓在离婚协议上签下了自己的名字。

离婚后，一个痛失所有，一个重获自由，这正是王赓与陆小曼婚姻中最大的悲哀。回忆过去，新婚的他们并非没有过欢乐的时光，但那时光太短暂，而他们之间的差距却太大。他们没能站在相同的角度去看、去感受同一件事，也没能在许多事上达成共识。

细节能决定爱情，也能毁掉爱情，更能轻易毁掉来不及培养的感情。

得偿所愿的陆小曼恨不能第一时间飞进徐志摩的怀抱。从那一刻开始，她不需要在意别人的眼光，不需要忍受别人的指点。她终于飞出牢笼，能够以自由之身，飞往任何地方。

但此时，徐志摩已经返回北京。陆小曼在上海也再无牵挂，她很快便北上回京，与徐志摩相聚。

那一年，陆小曼 23 岁，却已经结束了一段痛苦灰暗的人生，迎来了新的转机，体验着宛若新生的喜悦；而徐志摩，终于在茫茫人海中寻到了自己的灵魂伴侣。

曾经在日记中苦苦盼望的结果，曾经在写给彼此的信中一次次相互鼓励的畅想，如今终于实现，新的生活即将开始。

满怀欢喜与感恩，徐志摩的一颗心终于安定下来，决定好好地做一番事业，为了陆小曼，为了他们的未来，也为了不让那些信任他、器重他的师友失望。

他是自由的，而陆小曼也获得了真正的自由。他们的人生从此迎来崭新的篇章，而这灿烂的光芒，是徐志摩与陆小曼在爱的指引下拼了全力争取来的。他愿为此付出一切，用尽全力好好守护属于他们的人生。

那段时间，徐志摩斗志高昂。从 9 月底回到北京开始，他便开始接办《晨报副刊》，同时担任北京大学教授。他在文学的道路上大步向前，抒发胸中的振奋与激昂之情。

徐志摩成为《晨报副刊》的负责人，不仅是一份职务，更代表了《晨报副刊》从此的走向。在那个年代，办杂志、报纸，或是组织俱乐部等活动，不仅需要大量资金，还需要人脉。

每个文学团体都希望有一份属于自己的刊物，徐志摩接手《晨报副刊》，意味着以他为代表的新月社从此有了一方真正的文学阵地。

10月5日，徐志摩便发表了著名的接编宣誓词，题为《迎上前去》，既表达了新月社的主旨，也道出了自己的心声。

> 我要一把抓住这时代的脑袋，问它要一点真思想的精神给我看看……不是纸糊的老虎，摇头的傀儡，蜘蛛网幕面的偶像；我要的是筋骨里迸出来，血液里激出来，性灵里跳出来，生命里震荡出来的真纯的思想。
>
> ……
>
> 我是一只没笼头的野马，我从来不曾站定过……我是一个傻子，我曾经妄想在这流动的生里发现一些不变的价值，在这打谎的世上寻出一些不磨灭的真……

追求纯粹的真与美的徐志摩，面对沉闷的旧世界总能爆发出无比的力量，而正是这样的力量震撼和打动了陆小曼。他身上散发出的真挚、勇敢与赤诚，他像一团火一样的热情，拯救和温暖着陆小曼曾经几近麻木的灵魂。

从南方回来的徐志摩决心改变自己的人生态度，在给朋友的信中，他许诺要认真做一点"人的事业"，他"决心做人，决心做一点认真的事业"。

> 我再不想成仙，蓬莱不是我的份；我只要这地面，情愿安分地做人。在我这儿，是一个思想的大转变；我再不能睁着眼睛做梦，从今起得把现实当现实看。

徐志摩之所以改变，是因为有了陆小曼。从此，他不再是漂浮在黑暗浑浊世界之上的诗的幽魂，不再是沉浸在风花雪月之中的爱的囚徒。在这个虚假的世界里，有一个同样真挚的人爱着他，懂得他，理解他，于是他降到地面，就像一朵快乐的雪花，飘向她胸前的衣襟，融化在她的柔情中。

不惜一切

北京的冬季总是凛冽，但因为爱情，一切都变得温暖起来。

萧瑟的风有了诗意，田野里的黄代表了丰收。坐在庭院中抬头望去，天上飞鸟南迁，即将在更温暖的地方，开启一段新的生活。

对于陆小曼来说，一切都是新的，她的人生迎来新的篇章，而这一切，都是徐志摩给的。是他唤醒了她，让她看见世间清澈与人间美好，让她重新投生一次。

陆小曼回到北京后，徐志摩在兵部洼中街租了一处院子。院落不大却精致，回廊刻满小龙，这正是徐志摩献给陆小曼——他的龙龙最别致的礼物。

征得家中同意，陆小曼搬去与徐志摩同住，这一次，他们终于可以不受打扰地相伴久居了。

随着时间流转，两人依偎着度过寒冬，渐渐盼到了春的气息。虽然天气依旧寒冷，但窗外的园子，却也有了些许颜色。

> 曼又正迁居到西屋，窗前安着书桌；窗外一株寡妇相的丁香，靠近墙边无聊赖的站着。但它多少也有几张青叶子，看着也不无安慰。偏左一株樱桃，几星期前，勉强开了几朵珠子大小的寒伧花朵，随后气也不喘一声，就僵僵的站着死了；也不顾它左右年轻的玫瑰看了灰心。我们打算一半天把

它挖了去，也好保全这小园春色的体面不是？

和爱人在一起，就是残败的花朵，也别有一番意韵。徐志摩很会讨陆小曼欢心，接受了中西教育的他既有诗情画意的闲适，也懂得烛光晚餐的浪漫，两人的生活甜蜜似新婚宴尔，情深意浓。

但好景不长，很快，陆小曼发觉自己怀孕了，算算日子，孩子是王赓的。她没有告诉王赓，因为他们之间再无可能，她犹豫了很久，因为不愿让对方痛苦，她最终也没有告诉徐志摩。

陆小曼并非不害怕，但她还是冷静地选择了堕胎，为了保密，选择了一家开在城郊的诊所做手术。诊所是德国人开办的，主要为太太小姐们提供整形塑身服务。

爱情总能给人以无穷的力量，就算爱人不在身边，因为彼此的心连在一起，便也能不惜一切，勇往直前。

陆小曼骗徐志摩说母亲身体不好，自己要回家小住几天，徐志摩不疑有他，而陆小曼就这样躺到了手术台上。

手术成功了，但体弱多病的陆小曼根本无法承受手术带来的伤害，不仅大出血，还从此失去了做母亲的能力。

回家休养了整整一个星期，陆小曼才回到她与徐志摩的小院，与爱人重逢。陆小曼回家时便与徐志摩约好，不要写信也不要到陆家去，所以这七天来，徐志摩度日如年。

面对思念成狂的徐志摩，被他炽热的感情包围着，陆小曼低落的心情好转了许多。

每个女人都希望能与爱人拥有一个孩子。在那个孩子身上，能看到对方的模样、对方的影子，能看到他们的爱在另一个生命中得到延续。

她能感觉到，徐志摩是喜欢孩子的，但如今她也只能安慰自己，虽然无法生育，但有这样爱她的摩在身边，一切便足矣，就算没有自己的孩子，他们的生活也会快乐幸福。

他们的爱情，绝不会因为孩子受到影响，更不会被时间侵蚀而逐渐减弱，他们的爱只会越来越浓。就像徐志摩曾经写过的那样，到她永诀尘俗的那个瞬间，他也要在她身旁最近的地方守着她，听她最后的呼吸，报告在这世间，她的心是谁的，她的爱是谁的，她的灵魂是谁的。

陆小曼就是这样被爱着的，热烈而赤诚。这爱让她无所畏惧，让她不惜一切也要与这爱一起走下去，走出一片幸福的海。

陆小曼的离婚，只是徐志摩与陆小曼新生活的第一步，但也是其中最难、压力最大的一步。想要结婚，徐志摩还需要争得父亲徐申如的同意。

虽然周围的非议已经消失，陆小曼也得到家人体谅，能够搬出来与徐志摩同住，但他们终究需要有名有分，结为真正意义上的夫妻。

徐志摩是离过婚的，还有孩子，陆小曼也是再嫁，但徐家和陆家都非寻常家族。他们的婚礼不能草率了事，经历了如此多的波折，徐志摩必须要风风光光地将陆小曼娶回家，名正言顺，明媒正娶。

徐志摩盼望着父亲能亲自到北京来，与陆小曼的父母详谈，更重要的是见一见他心爱又可爱的小曼，毕竟此时的她与之前不同，褪去社交场上的鲜亮衣裙，她像个惹人怜爱的孩子，单纯又诚挚，而这一面，是许多人不曾见过的。徐志摩希望父亲认识这样的陆小曼，而不是各种传闻中所说的那个见惯风花雪月的交际花。

他是孝子，他尊敬、爱戴自己的父亲，但在父亲、传统和礼教面前，他选择了自由的人生。

曾经，他不惜忤逆父亲，为了自由与张幼仪离婚，抛下年幼的次子回国追求林徽因；也曾不顾父母阻拦，与身为人妻的陆小曼爱得死去活来，非要在一起才肯罢休。

但如今，他即将迎来一个男人生命中的重要时刻，而这个时刻，对于一个女人来说，对于他亲亲爱爱的小曼来说，也是生命中的重要时刻。

他们将与自己的挚爱结为伉俪，鹣鲽情深。他们希望得到父母的认可和祝福，那样才算赢得爱的圆满，爱的胜利。

夫妻

父母之命

沸沸扬扬的往事，对徐志摩与陆小曼来说，是追求真爱的骄傲战绩，对于老一辈的父母来说，却是一种羞耻。

徐申如不喜欢陆小曼。之前他便见过陆小曼，当时他就对徐志摩表示，陆小曼根本就是个孩子，懵懂幼稚、蹦蹦跳跳的完全不像个大人模样，稳重贤淑这样的性格自然也在她身上全无踪迹。

身为父亲，为儿子将来的生活和前途着想，徐申如根本不希望儿子娶这样一个女人做妻子，更何况前妻还是张幼仪那样知书达理、温顺孝敬的好女人。

两代人的观点总是不同，有着不同的见识、不同的立场、不同的感受。徐志摩与徐申如对陆小曼的看法大相径庭，无论再怎么争论也不会有任何结果。在徐申如看来，陆小曼懵懂幼稚、任性妄为，不可能成为一名好妻子，但在徐志摩看来，她的小曼单纯可爱、直率坦荡，足以点亮他的人生，增添无穷色彩。

徐志摩不能理解父亲的担忧，他只是担心一段时间以来的种种风波以及人们散播的传言，会让父亲对陆小曼的印象变得更差，因此，他想向父亲解释，希望父亲能看到陆小曼的好。

恰逢胡适即将南下养病，徐志摩便郑重地写信给他，希望胡适能帮自己劝说父亲，讲明陆小曼的好，讲明他们之间的真情，更要讲明陆小曼的离婚并非因为婚外情，而是因为陆小曼的父母改变了想法和态度。

陷入热恋的人，哪怕分开一分钟都是煎熬，徐志摩写东西时，陆小曼总爱陪在一旁。

这封信写得很慢，陆小曼便一直在他身旁看着。看着看着，孩子心性的她突发奇想，提出和徐志摩一起给胡适写信。

于是，这封长信便成为徐志摩与陆小曼一起写给胡适的信。徐志摩讲述眼下的生活，拜托胡适帮忙说服父亲，而陆小曼则汇报了自己的功课情况，写了自己母亲与徐志摩之间的融洽。那蜜一般甜的幸福，从两人心中流到眼角眉梢，在含笑相对时荡漾无边，又奔腾着流向笔端，铺洒在信纸上，熏得满屋都是爱的味道。

对于徐志摩与陆小曼的感情，胡适一向是同情和支持的。在陆小曼被父母严加看管时，在徐志摩旅欧通信不便时，一直是胡适为他们充当"红娘"的角色。

此番两人的事终于见到希望，胡适自然要好好地护送他们抵达胜利的终点。不久之后，专程前往硖石游说劝说的胡适回信了，他告诉徐志摩，徐申如同意了。

收到信的徐志摩快乐得像个孩子一般，在给胡适的回信中他兴高采烈地写道："你预告好消息的信，真使我快活，我恨不得亲你一口，你这样为我们尽力！将来总得想法子纪念你的功劳，好兄长！"

不过，徐申如虽然做出了让步，却提出了条件，他要先听听张幼仪的意见才能同意此事。

虽然徐志摩已经与张幼仪签署了协议，发表了通告，但在徐申如眼里，那些都不算数，他必须要张幼仪亲自说出来才可以，更何况在离婚的事上，徐申如对张幼仪一直心存愧疚，徐志摩想要再娶，自然要尊重张幼仪的意见。

于是，张幼仪成了徐志摩与陆小曼能否顺利结婚的关键。接到电报，张幼仪匆匆回国，1926年初，她便回到了北京。

那一年的春节在2月中旬，徐志摩与陆小曼还没有结婚，只能各自回家过年。于是在2月初，徐志摩离开北京南下，从天津坐船到上海回硖石去。

临行前，他见了张幼仪，因为张幼仪是说服徐申如的关键。在欧洲时，张幼仪便知道了徐志摩和陆小曼之间的恋情，她的态度很明确，她不反对徐志摩追求自己的幸福，这是在他们签下离婚协议时就已经确定的事。

得到张幼仪的许诺，徐志摩放下心来，回家去了。

临近过年，交通不便，在人挤人的船上，在回家的路上，甚至是在家中，徐志摩没有一刻不在想念陆小曼。他不能陪她守岁，不能陪她看戏，这让热闹的春节也跟着黯淡了许多。

1926 年 2 月 21 日，大年初九，徐家分家了。徐申如与哥哥一家一半，而徐申如自己家的那一份，又分作三份，徐申如夫妇一份，张幼仪与徐积锴一份，徐志摩与陆小曼一份。至于张幼仪的名分，依旧是徐家的干女儿。

虽说是分家，但徐家的产业依然是共同管理，分开的只是账上的收入。这既是为了方便徐志摩组成新家庭，也是为了关照张幼仪。

张幼仪跟随徐志摩出国后，徐积锴一直留在徐家。徐志摩回国后也是北京、上海两地奔波，几乎未在硖石久留。如今张幼仪回来，孩子自然要回到母亲身边。

虽然如今的张幼仪不再是那个一个单词不懂、没有任何生存技能的旧式女子，她的家族也不可能对她坐视不管，但徐申如就是要留下她，哪怕不是作为儿媳也不要紧。用这种近乎固执的方式，这个老人努力地表达着自己一以贯之的反对态度。

虽然徐申如不赞成徐志摩的做法，但他依旧爱这个独子。当徐志摩请求父亲尽快办婚礼，这样他就能在夏天与陆小曼一同前往庐山避暑时，徐申如便建议他回去之后先与陆小曼订婚，这样陆小曼就能以未婚妻的身份同行。

曾经明确表示不同意的徐申如终于妥协了，虽然这妥协表达得十分委婉，但徐志摩还是懂了。他大为开心，父母之命，他已经成功地请到了，他与陆小曼的好事终于磨出了结果。

最开心的事自然要与最心爱的人分享，更何况这件事正与陆小曼息息相关。但徐志摩还不能走，徐申如要他继续等，等张幼仪从北京赶到，当面谈一谈。

此时的徐志摩却归心似箭，明明硖石才是他的家，他的父母就在身边，但为爱痴狂如醉的他，只有陆小曼在身边才能感受到自己是满足的，有了她，就像拥有了全世界。事业、文章、诗歌，他什么都可以不要，只想飞回她的身边。

但这一路山高水远，前路仍漫长。

结婚条件

个人的命运，总是不可避免地与时代息息相关，成为时代洪流中颠簸的小舟，无法选择前行的方向，只能在风雨中苦苦煎熬。

徐志摩只能等待着张幼仪的到来。原本春节过后，张幼仪便准备启程南下，但从 1926 年 2 月底开始，京津地区便被战火侵袭，交通不便，张幼仪的行期一推再推。

从 1925 年年底开始，奉系首领张作霖依靠日本政府支援，分兵进攻北京，想要自任总统。1926 年 3 月，天津发生大沽口事件，为了掩护奉系军队进攻天津，日本军舰在 12 日驶入大沽口，被国民军击退。16 日，日本联合美、英等 8 个帝国主义国家发出最后通牒，要求段祺瑞政府撤除大沽口国防工事，引发了 3 月 18 日北京爱国群众大规模的游行示威，遭到军警开枪镇压，史称"三·一八"惨案。

一时间，全国各地掀起了打倒段祺瑞、推翻帝国主义、推翻军阀统治集会热潮。4 月中，张作霖攻入北京，政局的动荡一直持续到北伐战争爆发。

可怜了独自留在北京的陆小曼，她不断催促徐志摩回去，而徐志摩心急如焚却全无办法，一南一北，就这样苦苦地等着消息。

直到 1926 年夏天，张幼仪才顺利抵达上海。她告诉徐申如，她与徐志摩离婚是真的，她亦不反对徐志摩与陆小曼结婚。

对于这样的回答，徐申如颇为失望，徐志摩却开心得像个孩子。他与陆小曼感情路上的障碍，正在一一清除，怎能不让他欢欣雀跃。

可是，之前心心念念与陆小曼同游庐山避暑的愿望破灭了，徐志摩一直很想带陆小曼去庐山，不仅因为那里是幽静的避暑胜地，更因为他曾在那里驱散了对林徽因爱而无果的悲伤，更因为那里见证了他与陆小曼最初的惺惺相惜与互通款曲。

若能牵着她的手，重新走一遍当时的山路与石径，告诉她曾经他有过怎样的心情，怎样的感悟，那将是多么幸福甜蜜的回顾。可惜的是，战争推迟了他们重逢的时间，也错过了那个炎热的夏天。

6 月间，徐志摩收到林徽因的电报，此时距离林长民去世已经过去半年时间，林徽因仍与梁思成一起在美国留学。林徽因在电报中流露的关心，让徐志摩有一时的茫然。

他一直认为能称为灵魂伴侣的真爱一定是世间唯一的，非此即彼，错过便不会再有。审视自己的内心，徐志摩明白，此刻他深爱着的只有陆小曼一人。

自从有了陆小曼，徐志摩能感觉到，这个活泼率真的女人填满了他的整个心房。无论去哪里，她仿佛都在他身边，因此，他早已将自己对林徽因的情愫在时间的流逝中慢慢放下了。

收到电报后，林徽因的模样再一次闯入他的脑海，但与陆小曼相比，他对林徽因更多的是老朋友间的怀念。恰是这封电报，更让徐志摩看清了自己的心在为谁跳动，因此，徐志摩给林徽因回了电报，只以朋友的立场嘱咐她要珍重自己。

这突如其来的电报对徐志摩来说仿佛是一种试验，而他也毫不犹豫地认定，陆小曼便是他在茫茫人海中的唯一伴侣。经历了沧海烟波，他终于寻到了她。

走过千山万水，看过日夜更迭，忍过两地守望，1926年8月14日，农历七月初七，徐志摩与陆小曼终于在北海濠濮间举行了订婚典礼。

从此，他成为她的未婚夫，她成为他的未婚妻，名正言顺地有了亲密的关系。

濠濮间是北海中的一处水榭楼阁，回廊曲折，精巧自然，风景极佳。订婚典礼的宾客众多，名士云集，热闹非凡。

世俗的观念阻挡，就像那道浩瀚的天河，牛郎织女无法横渡，只能年复一年地遥遥相望，等待七夕那日互诉衷肠，而这道天河，徐志摩与陆小曼终于艰难涉过。迎着金风，忘尽人间无数忧愁，他们终于在众人面前执手相对，带着胜利的喜悦与幸福。

对于婚礼，徐申如提出了一个条件，必须由胡适做介绍人，由徐志摩的老师梁启超做证婚人。梁启超在当时社会地位很高，能请他做证婚人足以消除社会上的很多流言蜚语，这对徐家和陆家来说都是一件好事。

徐志摩为此写信给梁启超请求帮助，毫无悬念地得到了拒绝的答复。

明明胜利的曙光已经照亮天际，家门的锁却还没能打开。从相识相恋，到离婚订婚，徐志摩与陆小曼一路走来满是坎坷荆棘，如今在他们面前的，便是最后一道阻碍，也是唯一的阻碍。

苦尽甘来

形式到底有多重要？没有一场完美的婚礼，爱情就不够热烈吗？没有众人的祝福，内心就感觉不到幸福吗？

要强如陆小曼，一向无所谓旁人的看法。因此对于证婚人是谁，陆小曼觉得无所谓，对她来说，无论谁来证婚，只要能与徐志摩在一起便一切足矣。

但徐志摩心里清楚，请到梁启超，不仅能顺利通过父亲那一关，也能赢得社会上的普遍认同。陆小曼从前忍了那么多非议，受了那么多委屈，这一次，他想给她一场圆满的婚礼，一场被所有人祝福的婚礼。

徐志摩与陆小曼又想到请胡适做证婚人，毕竟是他一直尽力相助，是他们爱情的见证者。可惜的是，胡适临时有要事出国，无法担任证婚人。心有愧疚的胡适因此写信给梁启超，替徐志摩几次说情，梁启超这才勉强同意。

1926 年 10 月 3 日，农历八月二十七日，正是孔子诞生日，徐志摩与陆小曼在北海画舫斋举行了盛大的婚礼。

与最爱的那个人结成夫妻，从此相伴一生，是种怎样的心情？那一天的徐志摩和陆小曼尝到了那甜蜜的滋味。

那一天，徐志摩穿起定做的长袍马褂，金岳霖担任伴婚人。按照婚礼上的规矩，伴婚人也需要穿长袍马褂，但金岳霖穿西装多年，根本没有这样的衣服，只能向陆小曼的父亲去借。

那一天，陆小曼一身红装，从陆家出嫁，坐着花轿，跟着骑在高头大马上的徐志摩，走在北京的街道上。婚礼队伍浩浩荡荡，宛若红色的长龙。

那一天，画舫斋热闹非凡，参加婚礼的宾客有二百人，而赵元任、陈寅恪等人更是专程从城外的清华园赶来的。

徐志摩与陆小曼还邀请了王赓，王赓没有来，却送来贺礼，还有一张小小的字条，写着"苦尽甘来方知味"，落款处是"写供小曼玩，受庆王赓"。王赓无法眼睁睁地看着陆小曼嫁作他人妇，却依旧祝福她能一生幸福，苦尽甘来，从此余生安好。

婚礼是中式的，却没有媒人也没有婚书。徐志摩很希望父母能出席他的婚礼，但他们并没有来，理由是徐志摩的母亲生病了。

对于徐志摩与陆小曼的婚事，徐申如一直持不支持却也没有办法的态度。父母的缺席，让徐志摩与陆小曼的婚礼多少有些遗憾，但也因此少了许多烦琐的程序。

因为没有媒人、婚书，也没有高堂在上，梁启超便按照西洋牧师主持婚礼的方式，向徐志摩和陆小曼发问，是否愿意与对方结为夫妻，并为他们做证婚人。徐志摩与陆小曼交换信物之后，梁启超发表了一篇震惊四座的证婚词。

他说徐志摩性情浮躁因此学无所成，不仅学问未成，做人也失败，用情不专，离婚再娶；他告诫陆小曼以后要恪遵妇道，检讨自己的个性和行为。

他告诫他们，离婚与再婚都是由他们性格上的问题造成的，要他们别再以自私自利作为行事准则，不要将荒唐和享乐当作人生追求，更不能将婚姻当作儿戏，高兴就结婚，不高兴就离婚。

最后他祝福他们，并意味深长地说希望这是他们这一辈子最后一次结婚！

听到这篇毫无祝福之意却充满训斥之辞的证婚词，在场的宾客大惊失色。

虽然徐志摩提前知道会在婚礼上遭受老师的批评，却也没有想到梁启超会如此严厉地训斥他们。他只能上前低声哀求，请梁启超不要再讲下去，给他留一些颜面。

梁启超何尝不爱惜这个学生，眼看他自投苦恼的罗网，既痛心又可怜，却也劝不住他，才下此重锤，希望两人，尤其是陆小曼能引以为戒。

他甚至在婚礼结束的第二天写信给留学的子女时，仍然忧心忡忡地提到这场婚礼："我昨天做了一件极不愿意做之事，去替徐志摩证婚。他的新妇是王受庆夫人，与志摩恋爱上，才和受庆离婚，实在是不道德之极。我屡次告诫志摩而无效，胡适之、张彭春苦苦为他说情，到底以姑息志摩之故，卒徇其情。"

在梁启超看来，徐志摩是为恋爱癫狂了，他在品性上没有经受过严格地磨炼，以至于随心所欲，这将带来极为可怕的后果。因此，梁启超不顾众人惊讶、不顾徐志摩与陆小曼的颜面，在婚礼上用此重锤，希望他们能洗心革面，好好生活。

可惜的是，站在梁启超面前的一对新人丝毫没能体会这番苦心。徐志摩坚信自己是在为理想的生活奋斗，他将梁启超的训斥当作是对自己行为的不满，而陆小曼则完全沉浸在结婚的喜悦中，梁启超话中的道理，她没有听进去半分。

他们只记得那一天的觥筹交错，宾客尽欢，热闹非凡。他们庆幸他们苦尽甘来的结合，庆幸他们在经过了无数折磨、跨越无数阻挠，终于携手走到这值得欢庆的一天。

凤凰吟

携妻南下

诗人的爱是热烈的，他愿为心爱之人披星戴月，风雨兼程，却更爱同赏风月，闲听落花。

曾经，陆小曼尚在北京的牢笼中，徐志摩便与她提过，希望日后两人在山中浪漫相守。这既对陆小曼的身体有益，也能让她沉下心做些有意义的事，而山中岁月的幽静，也能极大地激发徐志摩的诗情。

> 你一到山里心胸自然开豁的多，我敢说你多忘了一件杂事，你就多一分心思留给你的爱：你看看地上的草色，看看天上的星光，摸摸自己的胸膛，自问究竟你的灵魂得到了寄托没有，你的爱得到了代价没有，你的一生寻出了意义没有？你在北京城里是不会有清明思想的——大自然提醒我们内心的

愿望。

徐志摩与陆小曼度过了婚后如胶似漆的十几天，便按照婚前与徐申如的约定，南下回到硖石老家。

回南方的路上，徐志摩不免心绪起伏，他的身边从此有了一个人，这是多么不同而又不寻常的事。送行时向车外望去，窗外是朋友们扬起的脸庞，一个个带着笑容；回身看时，坐在他身旁的是他这一辈子的所爱与归宿。他从未有过如此的幸福与满足，也从未有过如此踏实的感觉。

路边风景同样很美，自从出国留学开始，徐志摩便极少在秋日回家。看着车窗外稻田黄熟，村舍俨然，他突然极想去做一个乡下人，在春天的暖阳里种花，到下个秋天便能吃到亲手种出的果子。

诗人想象中的田园生活在向他招手，如今他还有了甜美的娇妻，无论在哪里，都能安居，不论做什么，都能乐业，只要有她，不论什么都是甜蜜。

奔波多年，徐志摩忽然累了，他终于想有一个安稳的家，家中有他爱的小曼。

曾经，当张幼仪在徐家老宅中等待他时，他是以梦为马的浪子；如今，他却很想停在一处，不问世事，只愿日日恩爱，长相厮守。

心中是沉甸甸的幸福感，眼前是触手可及的静好岁月，徐志摩对未来的打算，也变得踏实安稳了许多。他打定主意，回家后除了译书还债，他还要多享清闲，养自己的身与心；要好好照顾父母，做乖顺的儿子；要呵护自己与陆小曼的爱，让它拥有历久弥新的力量。

怀着这样的心情，他开始无比盼望回到硖石的隐居生活，而在硖石，徐志摩的父母也在翘首期盼着他的归来。

在当时，大多数人家子女众多，就算有人在外读书求学，有人在外工作，也总会有子女留在家中，与父母为伴，守着老旧的宅子和沉寂的时光，度安稳的年华。因此，父母大多不会孤单，可是，徐志摩是徐申如夫妇唯一的儿子，他一走，一个家便跟着冷清了。之前还有孙子在身边，如今徐积锴由张幼仪抚养照料，徐申如夫妇身边更是冷清。逐渐年迈的他们，也希望能有子孙绕膝的幸福晚年。

对于徐志摩这个独子，徐申如夫妇心底是疼爱的。哪怕他做出再多任性妄为的事，他们仍然一而再再而三地原谅他。在他与陆小曼的婚事上，也是如此。

虽然他们对陆小曼颇为不喜，怎奈那是儿子拼了命也要娶的女人，所以最初，徐申如夫妇并没有亏待她。他们的妥协与付出，从来不是为了陆小曼，他们只是希望徐志摩能开心幸福，能过上自己希望中的生活。

在徐志摩与陆小曼订婚之前，徐申如便准备为徐志摩与陆小曼新建一所房子，中西结合，既气派又洋气，房子内部配有电灯、冷热水管，非常现代化。为了布置这所房子，订婚前徐志摩在硖石住了很久，购置家具和用品。

楼上楼下共二十多个房间，两间浴室，近百盏电灯，门前草地种下花木，楼后有屋顶露台，能眺望远山。

这座斥巨资的豪宅，成为徐志摩与陆小曼的婚房。这其中寄托着徐申如夫妇对徐志摩与陆小曼的殷切期待，无论经历过多少风雨波折，他们都希望徐志摩能过得舒心幸福。

但是，当徐志摩与陆小曼抵达上海时，硖石的新居虽然已经建好，却没有装修完毕，徐家在上海又没有房产，新婚的两人只能暂时住进旅馆。

为了庆祝这对新人结婚，很多朋友到车站迎接他们。抵达上海的当晚，徐志摩与陆小曼在旅馆布置了新房，红烛高烧，长夜欢喜。

徐志摩订下的旅馆房间只有一室一厅，非常狭小，陆小曼带来的行李很多，几乎摆不开。一想到这难得的蜜月，他们却只能在窄小破旧的旅馆度过，陆小曼心中很难过，但这些不适与不快她都忍住了，她安慰自己，至少现在她的身边还有爱人陪伴，一切都不是问题。

在徐志摩看来，他们夫妻二人住一室一厅的房间已经足够，无须再破费，可是，陆小曼之前的生活并非如此。在外交部时，她见识过总统套房；做王太太时，她住的房间也都宽敞舒适。

爱情与面包，从来都是永恒的话题。从入住旅馆的那一刻起，徐志摩与陆小曼之间的问题就出现了。

只是那时的徐志摩沉浸在爱的喜悦中，他感受到陆小曼的不快，却没有做更深的思考；而那时的陆小曼，她的生命中从未缺少过面包，所以在爱情与面包之间，她毫不犹豫地选择了爱情，却没有料到，嫁给爱情之后，她的人生从此便陷在爱情与面包之间，苦苦挣扎。

碔石爱巢

一场爱得轰轰烈烈的感情，让徐志摩与陆小曼成了真正的名人。虽然曾经的他们一个是著名诗人、一个是社交名媛，出入上流社会，交友极广，但如今，他们的故事已经家喻户晓，成为无可争议的新闻人物。

徐志摩与陆小曼抵达上海后，收到了很多朋友的邀约。得知他们的新房尚未竣工，只能暂住在旅馆里，吴经熊便邀请他们到吴家暂住。

吴经熊是民国时期法律界的杰出人物，在上海浸会道学书院读书时与徐志摩结识，与徐志摩是至交。当年徐志摩在柏林时正是借住在他的宿舍，是他起草了徐志摩与张幼仪的离婚协议书，是他替徐志摩给张幼仪送信，并与金岳霖一起，见证了"中国现代史上第一桩离婚案"。

有这样的关系，徐志摩与陆小曼在吴家的生活自然一切舒服。贴心的主人为他们提供了极为安静的房间。

终于有了宽敞舒适的环境，陆小曼脸上的笑容也多了起来，她一边享受着新婚的甜蜜，一边等待着新房装修结束。

在吴家暂住了不到一个月的时间，新居终于建成，两人辞别吴经熊，在 11 月 16 日搬入新居。

婚姻的神圣在于，曾经两个全然无关的人，从此结为一个家庭，成为密不可分的整体；婚姻的琐碎在于，曾经全然无关的两家人，从此结为一个家庭，却有着全然不同的习惯。

徐志摩与陆小曼结婚时，徐申如夫妇都没有到场，因此回到硖石新居，是陆小曼第一次以徐家媳妇的身份拜见公婆。

按照乡下规矩，新媳妇见公婆要经过一套烦琐的礼数，但当时徐申如正在上海办事，家里只有徐母，因此决定等徐申如回来后一同行礼。

为了讨得父母欢心，徐志摩亲自带陆小曼挑选轿子与礼服。不过，对于传统礼数，特别是结婚要注意的事项，徐志摩也并不清楚。他的确结过婚，但这些事根本不需要他去操心，再加上他并不喜欢张幼仪，所以结婚当日更是不曾注意这些细节。

碰石是一座小城，商业自然不如北京和上海发达，能提供的喜服和轿子也只有几种。一向奢华考究的陆小曼看过后，觉得没有自己满意的，但新妇需起严妆，陆小曼便指定要最好的轿子和喜服。

为了徐志摩，陆小曼很想给公婆留下一个好印象，她不懂乡下规矩，却特意询问当地人要如何行礼，怎样敬茶，谢礼在哪只手上。她与徐志摩的婚姻来之不易，她不愿在自己身上出现任何差池。

可惜的是，徐志摩与陆小曼的小心翼翼依旧没能避开礼教的雷区，恰是最好的轿子，让陆小曼还不曾见礼便失去了公婆的欢心。

行礼当天，陆小曼先住到新居附近的一处住宅，换上红色的喜服，坐着六人抬的红轿子，由徐志摩接到新居，算作新娘进门。

她的行礼姿势规规矩矩，一切都符合习俗，但徐申如夫妇脸上的笑容依旧很勉强。因为陆小曼坐的是六人抬的红轿子。这种红轿子与两人抬的普通轿子不同，按照当地规矩，无论穷富，只有初婚的女子才能坐这样的轿子。

徐志摩娶的是一个离过婚的女人，这件事在碰石人尽皆知，此番又乘坐这样的轿子进门，不知又要被多少人当作笑柄。

公婆的介意，陆小曼并没有察觉，只以为是他们不苟言笑，但徐志摩却隐隐感觉到父母并不喜欢陆小曼。

尽管如此，那天的婚礼依旧盛大，陆小曼几乎是重做了一次新娘，比在北京还要复杂，就连磕头就不止一百次。新房更是热闹，硖石当地的人从不曾见过如此漂亮的新娘，全都盯着陆小曼，看得她羞涩不已。

这一套传统的礼数完成后，陆小曼也算真正嫁入徐家。

之后的日子，每天都过得很安静。徐申如又去了上海，家里只有徐志摩、陆小曼与徐母，除了吃饭，便再无他事。

唯一的不快，便是陆小曼的身体虚弱。临近年底，南方的天气越发湿冷，陆小曼受不住冷，总让徐志摩帮她取暖，虽然是一种无奈，对于徐志摩来说，却未尝不是一种难得的情趣。

娇燕香巢，徐志摩与陆小曼的生活仿佛蜜里调油，越发难舍难分。

他们随身携带的宝箱，相约打开后发现全是写给彼此的信件和送给彼此的礼物。陆小曼爱浪漫，她提出分别为对方读自己写的信。

曾经的他们，只能通过这样无声的方式倾诉一腔衷情，如今朝朝相伴夜夜共枕，为何不将信中的话重新读给对方听，让那曾经刻在薄薄信纸上的话语生出翅膀，如爱神一般环绕在他们身旁。

　　我再不能放松你，我的心肝，你是我的，你是
我这一辈子唯一的成就，你是我的生命，我的诗。
你完全是我的，一个个细胞都是我的——你要说半
个不字叫天雷打死我完事。

　　拿着那些言语炙热的信，徐志摩读得颇难为情。当初
写信时他是情之所至，恣意地写下心声，也不曾多想，如
今再读，就连自己也觉得一颗心跟着烧得滚烫。

　　这恰是爱的力量所在，跨越流逝的时光，重读爱的通
信。徐志摩与陆小曼在硖石的爱巢中，重温着携手经历的
感情历程，品味着当下这来之不易却又幸福得令人忘却天
地的甜蜜。

　　仿佛是一对凤凰，在忘忧的尘世之外，吟唱着天地间
最美的情歌。

并非贤妻

　　相爱的人终成眷属，其后的道路却未必通畅，因为相
爱容易相处难，因为许多事并非两人之间的爱就能解决的。

爱、体谅与宠溺，有时反而成为含混的温水，令人沉醉其中，意识不到问题早已出现，也看不到那些问题在柔情的微波之下愈演愈烈，日渐尖锐。

徐志摩知道父母喜欢贤惠的女人，所以私下里也会提醒陆小曼，但陆小曼却并不能领会公婆希望的到底是怎样一种贤惠。

从小接受新式教育的陆小曼，头脑里并没有服侍公婆的概念，更没有这样的习惯。出嫁之前，在陆家，她是有专人服侍的小姐；读书后，学生之间平等相处，各自打理日常起居；结婚之后，她是王家太太，凡事无须动手。

她不懂在传统的父母面前应当怎样做才是贤惠，她只是很努力地想做好徐志摩的太太，成为徐家父母喜欢的儿媳。

为了显得乖顺，习惯晚睡晚起的陆小曼总是起得很早，跟着徐志摩向公婆请安，并陪他们用三餐。可是，这样的生活对她来说本身就是一种痛苦。

陆小曼的身体向来不好，时常头晕不已。以前，她总是睡到自然醒，搬入硖石后，在公婆面前，她不敢再睡懒觉。但因为早起，她时常感到头晕。

那一日，陆小曼刚一起床便觉得头晕，若是以前，她一定会在卧室用餐。可是，徐志摩劝她到楼下餐室去吃饭，哪怕不吃什么坐着装装样子也好。

徐志摩知道父母不喜欢陆小曼，因此他处处小心谨慎，若是陆小曼不肯下楼，说不定父母会猜测陆小曼不想见他们。

为了表示对公婆的尊敬，陆小曼拖着身子下楼了。

看到桌上的饭菜，鱼肉满桌，陆小曼强撑着吃了几口便再也吃不下。看看自己剩下的大半碗饭，她不好意思直接说自己不吃了倒掉，于是求助一般地看向徐志摩，向他撒娇，要他把剩下的饭替她吃完。

徐申如夫妇的脸色顿时变得非常难看，尤其是徐母，看到此番情景，想到自己的儿子从没吃过残羹冷饭，她大为不满。

餐桌上的气氛瞬间降至冰点，陆小曼以身体不适向公婆请求离席，但徐母一言不发，徐申如也只是对着徐志摩回应了一下。陆小曼立在桌旁，尴尬地等了几秒，才向楼梯走去。

陆小曼何时受过如此冷落，但对方是自己的公婆，是她至爱的摩的父母，她不敢顶撞，只能自己忍着。

但她依旧觉得很委屈，虽然之前有很多流言蜚语，但终究已经过去，她已经是徐家的媳妇，公婆为何要如此为难自己？

想到这里，陆小曼的头晕更严重了，扶着栏杆，她连楼都上不了了，只能求救一般地看着徐志摩："志摩，抱我上楼。"

这又成了陆小曼的一大罪状。

有手有脚的一个人，竟然要丈夫抱自己上楼，难道丈夫就不累吗？在爱子心切的徐母看来，徐志摩与陆小曼这些有爱的互动，完全是对自己儿子的欺辱，陆小曼是将徐志摩当作了仆役，根本没有丝毫体贴可言。

徐志摩自然不会这样认为，怎奈自己夹在爱妻与父母之间，既是人子，又为人夫。他懂得陆小曼的委屈，也能看出父母的不悦，但他总盼望着，如果相处的时间久一些，如果彼此的了解多一些，他们一定能相处融洽，因为无论是父母还是陆小曼，都是这世间最爱他的人。

如今他们与陆小曼有他作为爱的联结，还有什么问题是不能解决的呢？

诗人的心里住着一个孩子，宛若神祇一般纯粹，不食烟火，不识人情。徐志摩不知道的是，陆小曼觉得自己受尽委屈，而徐申如夫妇却已经是忍无可忍。

抛开生活细节上的分歧不谈，最让徐申如夫妇不满意的是陆小曼的名媛习惯。

陆小曼从小过着奢华的生活，嫁到徐家后依然如此。吃、穿、用都要求是最好的，要国外的、流行的，而且她还特别挑剔，若是新做成的衣服稍有不合心意的地方，便不再穿。

嫁人数年，她依旧是"皇后"，却不是传统意义上的贤妻。徐家的产业虽然足以支撑陆小曼的花销，但徐申如夫妇的思想极为传统，在他们看来，女子最重要的是学会如何持家，而不是擅长花钱购物。在他们心中，只有张幼仪那样的女子才称得上贤妻。

陆小曼在徐志摩身边的撒娇任性，与张幼仪独守徐宅时的稳重贤淑，在徐申如夫妇心中形成强烈的对比。越是比较，他们对陆小曼越是无法容忍。

硖石地僻，陆小曼却依旧保持着在北京时张扬的作风与奢华的生活。名人身边是非多，她很快成为硖石当地人的饭后谈资。而陆小曼行为举止上的格格不入，以及被人非议后的不知悔改，终于让徐申如夫妇对她的态度，从之前的不喜欢转变为无法容忍。

两代人之间的矛盾，一触即发。

烽火患难

不欢而散

不能入乡随俗，大约是陆小曼嫁入徐家、回到硖石后面临的最大问题。

可是，要求陆小曼入乡随俗，谈何容易？她是父母手中的明珠，陆家仅存的独苗，是光芒四射的校园"皇后"，是外交场上的靓丽名媛，更是陆小曼，旁人从来无法改变的陆小曼。

陆小曼可以不在乎别人怎么说自己，但徐家的人不能不在乎。名人高门是非多，硖石当地的人本就对徐家这位名媛儿媳极为好奇，陆小曼招摇的行事风格更引得人们争相议论，说出来的，都不是好听的话。

无论是嫉妒陆小曼的奢华还是徐家的阔绰，女人们都在说"陆小曼那么狂妄，排场那么大，其实就是个交际花"。

小小的镇子，却有着大大的舆论。周围都是多年相熟的邻里亲戚，徐申如夫妇只觉得颜面丢尽，而让他们如此难堪的"罪魁祸首"，正是陆小曼。

　　陆小曼常年游走于社交场上，自诩看透人心，但她对于公婆关系的处理，却没有丝毫经验。

　　当她还是王太太时，并没有面对过如此复杂的两代关系。王赓虽是世家子弟，家道中落，家境远不如陆家，但两家父母关系融洽，公婆从没有为难过陆小曼；而徐申如夫妇则不同，从一开始，他们就对这个"离过婚的名媛"带着极大的偏见，这也让两代人的关系变得更加无法调和。

　　相互忍让的日子只持续了一个月，徐申如夫妇便愤然离家出走，给这段相看越发两厌的生活画上了句号。

　　问题没有得到解决。陆小曼并没有意识到自己有什么过失，徐申如夫妇也不认为自己错怪了陆小曼。他们用暮年离家这样决绝的方式，与陆小曼彻底划清了界限。

　　起先，陆小曼认为是公婆思想守旧，不喜欢与她共同生活，因此才离开硖石，虽然心情颇为失落，但她也在心里悄悄松了一口气。曾经的她自在惯了，做事随心所欲，在硖石小心翼翼地生活了一个月，已经让她难受不已；如今公婆离开，她刚好也能放松一下。

　　父母离家出走，徐志摩焦急不安。他猜测父母可能是想远离陆小曼，所以暂时换了个住处，徐家的产业和房宅都在硖石，他们过不了多久便会回来。

可是徐志摩与陆小曼都没有想到，徐申如夫妇离家后直接北上天津，投奔了张幼仪。当时的张幼仪已经回到北京，徐申如发来电报，让她前往天津一家旅馆相见。

到了旅馆，果然见到了徐申如夫妇，张幼仪惊讶不已。两位老人对陆小曼抱怨颇多，她只能听着，劝着。最后，徐申如夫妇提出，以后要与张幼仪一起生活，因为她本就是他们的干女儿，也是徐家长孙的母亲。

留下独子与儿媳在硖石居住，老夫妇却跑来与孙子和已经离婚的儿媳同住，这让张幼仪十分为难，她试着劝说两位老人，还想与徐志摩联络，将徐申如夫妇送回硖石。

可是，徐申如夫妇坚决不肯再与陆小曼同住。考虑到在旅馆居住多有不便，张幼仪只得先将两位老人接回北京，安置在自己家中。过了几日，她又在附近找了一处房子，从此与两位老人毗邻而居。

得知消息，陆小曼气得大病一场。公婆不喜欢她，她能理解，公婆不满意她，她能忍受，但他们去投奔徐志摩的前妻，这真是天大的讽刺！他们是想表达她连张幼仪都比不上吗？到底谁才是徐家真正的儿媳？

这一次，就连一向孝顺的徐志摩也大为恼火，只不过，他率先将矛头对准了张幼仪。

得知这个消息，徐志摩直接打电话质问张幼仪。他认为，父母一向疼爱他，怎么会毫不留情地北上，一定是张幼仪主动写信让父母去找她的，至于原因，也很简单——张幼仪对徐志摩和陆小曼的婚事不满，因此争夺两位老人，让陆小曼没有面子。

可是，陆小曼的面子岂是张幼仪需要抢夺的？徐志摩何尝不知道，他的父母向来喜欢张幼仪这个儿媳，甚至在他们离婚后不惜给她干女儿的身份，也要将她留在徐家。

如果这两位儿媳在徐申如夫妇面前争夺宠爱和面子，陆小曼怕是根本没有面子可言，张幼仪又何须与她争抢。

冷静下来的徐志摩，渐渐明白，父母对他，或者说对陆小曼是真的失望了。他们之间的矛盾根本无法调和，而他一直怀着一种善良的贪心，既希望父母满意，又想让陆小曼开心。

是奢望吗？或许应该算是美好的期望，但这样的期望最终还是落空了。回硖石"赡养父母"，却将父母气走，没有正面冲突，也没有发生争执，父母的立场却是毫无疑问地坚决。

想到本该在家颐养天年、含饴弄孙的父母，如今却出走在外，徐志摩时常暗中自责，但他却无计可施。

爱情就是这样盲目，就算明知会伤害至亲至爱的人，却还是无法控制自己的内心。陆小曼如此，徐志摩亦然，他们深陷在彼此的爱中，甘愿付出所有，哪怕与世界为敌。

曾经，现在，未来，他们都不曾改变，也不会改变。

二人世界

碛石有秀丽的风景，却并非四季如春。南方特有的湿润气候养育着葱茏的青山、清澈的碧水，却也带来难熬的冬季。

陆小曼天生体质娇弱，与徐志摩相恋期间已是大病一场，之后又经历了一次凶险的堕胎，她的身体已经千疮百孔。南方潮湿阴冷的空气仿佛能浸入皮肤，直钻进骨髓之中，无论抱着暖炉还是终日守在火盆边，她都只觉得浑身发冷。

如今公婆离开了，原本就空旷的房子变得更加冷清，但至少，她还有爱人在身边，有他体贴自己，呵护自己。

幸而，还有徐志摩在自己身边。他细心而贴心，他会叮嘱仆人每天早上提前烘热陆小曼的衣服，还叮嘱仆人每天用红枣煮水，为她补身子。

寒冬里，风呼啸着渗过四壁，即便盖着两层棉被也无法保暖，但陆小曼的脸上总是带着些微红晕。在南方冰冷的空气中，徐志摩将她当作娇花一般精心照料。他的爱，是陆小曼最好的温室。

徐申如夫妇的出走，虽然为徐志摩与陆小曼的生活投下阴影，但那段时间依旧是他们最快乐的日子。

徐志摩爱书，陆小曼聪慧，一个教，一个学，一个故作严厉，一个恣意撒娇，就连假意的申斥也有着甜蜜的味道。漫长的冬夜，徐志摩时常披衣挑灯，奋笔创作，陆小曼便陪着她，在靠近火炉的地方依偎着他，等他写完，却又时常等不到他停笔，便静静地睡着了。

在那个传统之风盛行的年代，能拥有一段完全属于夫妻两人的时光，既是属于徐志摩与陆小曼的幸福，也是他们用努力和斗争灌溉而成的蜜果。

若时间停驻，岁月待人，便是一瞬一生，那一刻的幸福，转眼到终老。

可惜的是，时间从不待人，而命运总多坎坷。

有些事，会在人的心中累积成病，再由内而外地生出真正的病来，所以敏感多思的女子常常疾病缠身，甚至红颜薄命。

纵然有徐志摩百般疼爱，公婆的离开还是成为陆小曼心中最大的心结，她不愿向徐志摩抱怨，她知道他一定更难过。更何况陆小曼一向要强，在她看来，眼泪是示弱的表现，平日里遇见小事，她常常任性地撒娇，若有大事，她反而成了最坚强的那一个。

忍着不说，暗自神伤，最终只会抑郁成疾，在精神的重压下，陆小曼很快病倒了。

屋漏偏逢连夜雨，仿佛是天要与这恩爱的两人作对。徐申如夫妇出走后不久，随着北伐战争的推进，浙江战争爆发，战争的阴影逐渐笼罩了宁静的硖石仙居。

海宁硖石水路发达，因此商业极为繁荣，但也因为交通便利，这里成为战争前线。周围已经开始挖起战壕，战火一触即发，徐志摩与陆小曼那温馨甜蜜的爱巢，终于也成为乱世烽烟中的危楼，再栖不下一双呢喃春燕。

徐志摩与陆小曼面临着有生以来最大的财政危急，他们手里没有钱，就连离开硖石的旅费都没有。

徐申如夫妇离开硖石时非常匆忙，他们没有安排徐志摩与陆小曼的日常花销，徐家家族产业和收益的分配一直由长辈做主，没有徐申如的允许，徐志摩无法从家族产业中支取分文。

可是，现在再向父母求助已经来不及。战乱突起，通信不便，形势急转直下，徐志摩只能先找舅舅借钱，凑齐旅费，匆匆收拾行李，抢购去往上海的船票，准备出逃。

1926 年 12 月，徐志摩与陆小曼离开硖石，离开刚刚居住月余的新家，踏上逃难之路，而等待着他们的，是比想象中更加艰苦的患难岁月。

战乱当前，人心惶惶，失去了家族的庇护，徐志摩与陆小曼的经济状况急转直下。

一个是当地富商的独子，一个是名门高官的独女，徐志摩与陆小曼从小便过着锦衣玉食的生活，这是他们第一次如此落魄。

没有闲适的环境，无法安静地休息，曾经习以为常的生活转眼崩塌。摆在他们眼前的，只有残破颓败的现实。

江浙一带的许多大户人家都在上海有房产，平日里闲置或是出租。此时局面混乱，他们大多已经听闻风声，早早地举家搬到上海避难，再加上逃难的人纷纷涌入上海，空置出租的房子很快被抢租一空，到处人满为患。

硖石距离上海并不远，但徐志摩与陆小曼还是来晚一步。他们抵达上海时，已经找不到能租住的房子，为了避免露宿街头，两人匆匆住进一家窄小的旅馆，等待战争平息。

可是没人知道战火何时止息，没有经济来源的患难夫妻就这样被困在旅馆里，日子过得艰难而无望。

辗转颠沛的生活拖垮了陆小曼残存的健康。在湿冷的天气中，她的病很快转成肺炎，从此日日被病痛折磨，竟没有小半天是完全舒服的。

看着陆小曼受罪，徐志摩又心疼又焦急，但再好的药也治不了心病。尽管他一直陪在陆小曼身边，一直好言安慰，温柔鼓励，陆小曼依旧是病恹恹的，整日愁容满面。

此时的北京，徐申如夫妇与张幼仪的生活却很是欢乐，那个重新组织起来的小家庭热闹非凡。这让受困上海的徐志摩感慨不已，既羡慕，又无奈。

遥望远方，父母在上，前妻与儿子"阖家欢乐"，回首身侧，他一生的挚爱伴侣，病体沉重，郁郁不乐。在那段烽火弥漫的岁月中，唯有二人世界的亲密是他们所拥有的全部，是他们所能给予彼此最大的安慰和勇气。

潦倒人生

内心的挣扎与痛苦会化作诗情涌动而出，但为了生计奔波辛苦，却会渐渐地磨掉创作的热情，变得暗淡乏力。

徐志摩是浪漫的诗人，但诗人也要吃饱穿暖，也要居所安稳。身处战乱颠沛之中，他与陆小曼最缺少的便是这些安定。

困居旅馆总不是长久之计，眼看腊月将近，徐志摩只能向新月社成员宋春舫求助。1926 年年底，徐志摩带着陆小曼搬入宋家暂居，他们的情况勉强有了一些好转。

可是，无论是寄人篱下，还是依靠父亲补贴的生活，都并非最理想的状态。徐志摩的当务之急是找一份工作，赖以谋生，养家糊口，像个真正有责任有担当的男人和丈夫一样，为陆小曼遮风挡雨。

此时的徐志摩已经离开了《晨报副刊》，而且困居上海，通信不便，他也很难为北京的报刊供稿，只依靠译书获得的酬劳根本无法支撑他与陆小曼的生活。

新婚不过三个月的他们，被迫披荆斩棘，迎战残酷的现实。

曾经盼望了许久的婚后生活，没有闲敲棋子看落花的悠然，没有妆镜初开浅画眉的恩爱，只有灰暗的环境与病弱的身体，甜蜜被病痛侵蚀，幸福被贫困牵制，一切都是那么不顺心意。

徐志摩是愧疚的，他曾发誓要呵护一生的爱妻小曼，此时正跟着他颠沛流离吃尽苦头；陆小曼也是愧疚的，她曾许诺要用一生报答的徐志摩，此时正为她的病痛忧心不已，眉头深锁。在最潦倒的人生境遇中，他们之间还有爱相伴，是庆幸，更是安慰。

安稳在家，最大的依赖是父母；出门在外，最好的依靠是朋友。

朋友见徐志摩生计艰难，劝他考虑回北京教书。北京的大学很多，但因为政局动荡，欠薪的情况已是家常便饭，徐志摩权衡几番，决定留在上海，进入刚刚创办的光华大学任教。

他托朋友将自己存放在新月社的书籍设法带到上海来，从此成为一名教书先生。

学校的教学时间安排十分有规律。徐志摩白天去大学教书，晚上回宋家译书，早出晚归，奔波路上，纵有朝云星海为伴，奈何全为稻粱谋。

这样的日子过久了，徐志摩感到自己又陷入一个新的牢笼之中。世俗的尘埃，城市的喧嚣，逐渐蒙住他的眼、他的心和他的性灵之光，他很少有时间去静静思考，也少有时间去体会伤感，现实的压力让他喘不过气，诗魂被禁锢，笔端也开始干涸。

国内的生活如此压抑，徐志摩开始怀念起在国外那段时间轻松自在的生活。那里没有战争的侵扰，就连空气中都漂浮着诗的精灵，仿佛伸出手就能抓住，张开双臂就能抱满怀。

带着对国外生活的怀念，徐志摩再次萌生了带陆小曼出国的念头。

曾经，当陆小曼在与王赓的婚姻中苦苦挣扎时，徐志摩便提出要她到国外去，既解心忧，又能见世面。虽然当初没能成行，但这个愿望一直在徐志摩的心中盘桓不去。

在他看来，陆小曼虽然才华横溢，却没有系统地上过大学，这对她来说无疑是一种遗憾。如果能去国外读几年书，一定会让她的人生大为不同。

可是，徐志摩并不知道，陆小曼对读书并不向往，对国外的名人也兴趣索然，不过，一想到出去走走总比寄居在宋家好，陆小曼便答应了徐志摩的提议。

出国旅行或是求学，都需要大笔资金，徐志摩自然无法向父亲求助，思来想去，他拜托当时在英国的胡适写信给泰戈尔的秘书恩厚之，请求帮助。

很快，徐志摩收到了一张250英镑的支票，作为资助他们前往欧洲的路费，而他与陆小曼在欧洲的工作和生活也被安排妥当，只要去申请签证，着手收拾行李就好。

新生活正在不远处向他频频招手，徐志摩的心再一次雀跃起来。

可是，此时的陆小曼并不想离开上海。她的理由很多，比如她晕船，经不住那么久的海上颠簸，比如她自幼体弱多病，离不开中医中药的调理。至于学习机会，她学的是国画，到了国外根本找不到良师，更何况她的亲人朋友都在国内，出国后只能平添寂寞。

徐志摩口中的那些扩展眼界与结识同好的裨益之处，陆小曼无法体会。她在外交部工作时终日与洋人打交道，也未见得有什么裨益。对于陆小曼来说，出国对她没有任何吸引力，任凭徐志摩怎么劝说，她都不肯随他出国。

陆小曼不曾出国看过外面的世界，但徐志摩看过。在他看来，国外生活的新奇，一定能让陆小曼感兴趣，她不愿出国，不过是因为不想离开多年习惯的舒适环境，她习惯了在社交场的名媛生活，她不愿勉强自己费力去适应新的环境，改变自己的生活状态。

　　这让徐志摩隐隐生出一种担忧，环境虽然无法彻底改变人，却能在不知不觉中消磨人的斗志，蒙昧心的清明。纵然陆小曼有着极高的天赋，若是缺少积极向上的生活态度和习惯，她的聪明才智，迟早会随着那些被她浪费的时光消亡殆尽。等到岁月流尽，剩下的只有一副徒有虚表的皮囊。

沪上风光好

洋房豪宅

爱一个人，是想与他携手走过一生风雨，相依看尽一生风景，是想给对方最大的快乐，换对方最明媚的心情，写最浪漫的时光。

如果说徐志摩对张幼仪近乎绝情的抛弃是因为不爱，那么他对于陆小曼，一定是爱的，这其中包含着热爱、疼爱与怜爱，更是背负着责任的爱。

为了让她有更好的发展，他不断劝说陆小曼与他一起出国，因为陆小曼不情愿，他便将自己的出国梦暂时封存起来，陪着她继续在上海生活。

为了让陆小曼多些笑容，徐志摩一直在努力挣钱，想要改变困窘的现状。虽然他在给胡适的信中写道："我又是绝对无意于名利的，所要的只是'草青人远，一流冷涧'。"

但他依旧投身人群之中，将梦想中的氤氲青草与净澈溪涧抛在脑后，为了给陆小曼安定的生活尽力奔波。

1927年春天，徐志摩与陆小曼的生活逐渐稳定下来。受战乱影响和欠薪困扰，胡适等新月社成员也大多来到上海避难，于是新月社也随着这些骨干力量的南迁在上海落脚。

不仅如此，徐志摩与陆小曼也离开宋家，搬到法租界环龙路的一处花园别墅，后来又搬到福熙路四明新村居所。过了不久，陆小曼的父母为避战乱也来到上海，与他们同住。

他们在四明村的家，是一栋石库门样式的三层洋房，豪华宽敞。在上海，这样的房子大多由一家几代人共同居住。与上海的新式弄堂和公寓不同，能住进这样的洋房，本身就是一种身份与财力的象征，正因为如此，陆小曼对这栋洋房非常满意。

房子的一楼中间是客堂，摆设简单，还设有佛堂，但大部分时候这里都是闲置不用的。客堂旁边的厢房是陆定的卧室，二楼亭子间有内外两间，内间是吴曼华的卧室，外间供来往亲戚暂住。

徐志摩与陆小曼住在二楼厢房的前间，后间暂时闲置。位于二楼的客堂才是真正的会客室，房间中还摆着一张八仙桌，用来吃晚餐。三楼清静的亭子间，是徐志摩的书房。

除了宽敞的空间，房子的陈设也十分精致，古玩花卉，装潢是传统的中式风格，家具却是洋派的，极为时髦。徐志摩将恩师梁启超送给自己的集宋词对联挂在墙上，上联"临流可奈清癯，第四桥边，呼棹过环碧"，下联"此意平生飞动，海棠影下，吹笛到天明"。除了这副对联，他还将一些名人字画挂在墙上，其中也包括陆小曼的作品。

这套豪宅的租金每月 100 大洋，他们还租了一辆豪华的私人小汽车，再加上用人、厨师、司机、贴身侍女一共十几人，家庭花销越发变大。但此时，随着战线的北移，上海政局逐渐稳定，除了光华大学，徐志摩又在东吴大学、大夏大学中任教，收入不菲。

终于有了安稳的居所和较为稳定的生活，徐志摩与陆小曼倍感珍惜。徐志摩的创作也进入了黄金期，他从之前的迷茫中迅速振作起来，写诗，也写文章。

两情浓时，只愿分秒相依。徐志摩总在陆小曼的房间里写作，陆小曼便在一旁边看边捣乱。就在这样互相嬉闹的过程中，总有绝妙的诗意不经意降临，仿佛是开启了一扇明亮的天窗，窗外风景倏忽变幻，窗内是永恒的爱侣，相伴仰望。

诗意环绕着徐志摩，让他感受到无边的快慰，行走在向上的光辉道路上。徐志摩也为陆小曼日后的生活做了许多规划。她的身体不好，出国游学的愿望是无法实现了，但他们还可以拥有其他的共同事业。

在徐志摩的鼓励和敦促下，两人一起构思创作了五幕剧本《卞昆冈》。在徐志摩看来，那是他们生命与爱情的另一种结晶，更为崇高的精神上的结晶。

徐志摩的普通话里夹杂着硖石方言，陆小曼却是一口流利的京腔，所以大部分台词都由陆小曼负责修改。留在《卞昆冈》剧本中的那些生动的台词，女人们逼真动人的话语，无不透出陆小曼的艺术造诣。

也正因为如此，徐志摩看到了希望的曙光，他的小曼将来必有大成就，眼下只需要刻苦与勤勉，但这似乎是陆小曼身上最缺少的东西。

她说要练字，上好的笔墨备好，却写不满几页便放在了一边；新月社的朋友送来扇面请她画，她也总是忘记；徐志摩为她讲诗词，听久了她便嚷着头疼，要他陪自己出门游玩；只有朋友的邀约，她总是不会错过。

陆小曼身在上海，"南唐北陆"终于齐聚，她们原本就已相识，如今更是频繁相邀同游。

搬入租界后，陆小曼更是一步踏入上流社会交际圈。常有朋友邀她出去跳舞、打牌、看戏，一切又仿佛回到了在北京时。她依旧是社交场上的名人，在悦耳的舞曲和众人的夸赞中极尽奢华，乐而忘忧；而徐志摩送她的《曼殊斐儿日记》和徐志摩对她的殷切期望，全都被陆小曼抛在了脑后。

纸醉金迷

往事如烟，回首望时，只觉惘然，而感情的事，总无法分辨对错，一切苦乐，皆在心中。

1927年清明，徐志摩与陆小曼一同返回硖石扫墓。老家的风景依旧宁静，就像战争与离乱从未发生过一般。阳光满地，和风满裾，徐志摩也找回了难得的轻松。

曾经的老屋早已破乱不堪，睹物伤情，令人感慨万千。无人居住的房宅徒有空屋，就像没有灵魂的躯壳，在昏暗的世道中疲于奔命。

回硖石之前，陆小曼已经与翁瑞午约好，扫墓结束后同游杭州，翁家在杭州有产业有茶山，因此这次出游由翁瑞午提出，并全程负责安排。

那次游玩，翁瑞午与徐志摩、陆小曼同行。他们在孤山凝望着西湖，看湖上三潭印月，走过风景秀丽的九曲桥，灵隐寺依旧清幽寂静，冷泉亭与飞来峰依旧如张岱笔下那般美好。这一切都让徐志摩回想起上一次独自彷徨时的情景。

徐志摩看得出，陆小曼的心情极为欢快。有人陪伴，共赏美景，共度良辰，是陆小曼一直以来的愿望和诉求。

可是，一直以来疲于奔命的徐志摩，已经抽不出时间来陪伴陆小曼。她的寂寞与烦闷，她的病痛与失望，徐志摩都懂得，但他要挣钱，要维持陆小曼的生活开销，他无法每天闲坐在家，与她终日嬉闹清谈，但翁瑞午可以。翁瑞午是清末名臣翁同龢的嫡孙。他家底丰厚，擅长绘画，爱好古玩，有鉴赏品位，又是一位专业票友，与陆小曼有许多共同语言。最重要的是，他有闲情逸致，同时还有极好的推拿技艺。

初到上海的艰难岁月，让陆小曼元气大伤。她与翁瑞午便是因为治病结识的。翁瑞午的手法独特，几乎是手到痛除，这也让陆小曼越来越依赖翁瑞午的治疗，也更依赖翁瑞午的陪伴，从而消磨时光。

徐志摩一向开明，他将翁瑞午视为朋友，对于陆小曼与翁瑞午的来往从未阻止过，于是陆小曼有了一位专职玩伴。他们一起打牌，一起看戏，一起打发闲极无聊的时光。

从春入夏，徐志摩与陆小曼的生活已经摆脱了冬日的困顿，变得热闹起来，但这热闹中，却是各有悲欢。

为了挣钱，徐志摩一直在三所大学任教，授课时间排得很满。更辛苦的是，光华大学和东吴大学每天都有课，而这两所大学的位置，一所在最西边，一所在最东边。徐志摩就这样每日来往奔波，从隆冬一直到初夏。

作为丈夫，他用尽全力背起养家的责任，哪怕疲惫得近乎狼狈，哪怕半年里没写出一本诗集，徐志摩依旧在努力着。

可是，让他如此奋斗的家中却是另一番景象。受人欢迎的陆小曼，交际越来越广，她总是在外面玩乐，经常晚归。

因为睡得晚，她每日醒得也很晚，陆小曼每天睁开眼时，徐志摩早已出门，留给她的只有一床一室的寂寞。为了驱赶这些寂寞，陆小曼越发频繁地参加各种社交活动。这让她的身体越发瘦弱起来，就算徐志摩几番告诫，她也听不进去。

十里洋场的灯红酒绿已经将陆小曼彻底吞没。她爱这繁华都市的夜，她享受这样的生活，这是她欢乐的源泉，而青山绿水，田园诗意，不过是偶尔新鲜的调剂。她的灵魂，从未栖息在世外桃源之中。

最初的欢乐，最后的心伤，都可以来自同一个人。因为，对一个人的期望越大，失望也会越大，而随着失望而来的，还有对自己深深的怀疑。

陆小曼的萎靡，徐志摩看在眼里，急在心中，为她的身体，更为她的精神、她的前途。他仿佛已经看到，陆小曼沿着曾经的道路越走越远、越陷越深，也终将离他越来越远。

可是，他又能说什么？他要她减少出行，早点回家休息，她却说没有徐志摩陪伴自己烦闷无聊，他劝她看书作画消磨时光，她却说自己身体虚弱无法胜任。

她依旧是那个任性的孩子，自己喜欢的，再苦也能坚持，自己不想做的，再有益也不肯尝试半分。

陆小曼的身体一直不好，徐志摩劝她做的那些事，她总以身体原因推托，但社交活动却从不曾停止，哪怕拖着病恹恹的身体也一样兴致勃勃地参与。

她不仅爱去戏院，还经常去赌场玩。开在花园洋房中的181号赌场，便是陆小曼最爱去的地方，那里布置华丽，客人也都是当时社交界的名流；她喜欢出去吃大餐，每次还要带上许多朋友，她喜欢邀请朋友到家中聚餐，食材总要最好的。

她看戏包场，千金捧角，只为一时欢乐，花钱如流水，徐志摩却没有万贯钱财缠在腰间。

纸醉金迷中，陆小曼看到舞厅的吊灯仿佛朝日般明亮，徐志摩却看到生活的向往在慢慢迸裂成碎片。在那碎片之中，透出的是灯红酒绿的迷离与歌舞升平的欢笑，仿佛嘲笑他颠簸于人世间，却天真地渴望寻觅一曲田园牧歌，一方世外桃源。

戏里戏外

一切光明都伴着黑暗，越是光明的地方，投下的影子越是黑暗。一朵花最绚烂的时刻，也是由盛转衰的开始。

陆小曼就像一朵绚烂的娇花，从北方移植而来，盛开在上海的交际场上，耀眼得仿佛从不知疲倦，也绝不会老去。

1927年4月12日，蒋介石在上海制造了"四一二反革命政变"，大肆屠杀共产党员、国民党左派和革命群众。过了不到一星期，4月18日，蒋介石建立南京国民政府。

从此，自元朝以来一直是权力中心的北京改名北平，以燕地为都的时代过去了。随着政治中心的南移，全国的经济中心也随之转移到与南京只有数小时车程的上海。

那一年的战事不曾停歇，但上海租界就像一座安稳的世外之城。这里的灯光越发炫目，欢歌曼舞，宛若人间乐园，充斥着享乐与奢华的沉醉气息。

过着日夜颠倒、极不规律的生活，陆小曼变得越发虚弱，终于彻底成为一个病美人，几乎药不离口。即便如此，她依旧热衷于参加翁瑞午、唐瑛等人举行的戏剧义演，她喜欢登台演出，喜欢那种在灯光下受人瞩目的感觉。

1927年12月圣诞节，陆小曼准备参加《玉堂春·三堂会审》的义演，她饰演被人诬陷谋害前夫的"苏三"。一开始，陆小曼本希望徐志摩也能登台同演，最好饰演男主角。徐志摩无法担此重任，但为了哄陆小曼高兴，他还是在戏中扮演了一名龙套演员。

那场演出很隆重，陆小曼又是女主角，她很想定做一套行头，还有一幅作为背景悬挂的堂幔。这些都是京剧专用的东西，价格不菲，但陆小曼不想去借，因为同是票友的翁瑞午、江小鹣、唐瑛等人都有自己的行头，她却没有，这让她很没面子。

可她忘了，她结交的那些票友全都是富家公子小姐，吃穿不愁，余钱全部用来宴饮享乐。徐志摩虽是富商之子，但没有徐家的资助，他只是一名教师，依靠固定的薪水养家。没有雄厚的资产，他一时间根本拿不出那么多钱来，应付这笔突如其来的花销。

于是陆小曼提出，可以先挪用泰戈尔秘书资助他们出国留学的钱，之后再补回去。

这个想法让徐志摩大为震惊，他甚至不能相信，陆小曼竟然动了这样的心思。那笔钱是朋友的一片心意，是对他们夫妻二人的资助，不应用来添置满足虚荣心的京剧行头。

诚然，他们出国游学的计划没有成行，从这笔钱中暂时挪用一部分也不会有人知道，但徐志摩的内心还是极为不快。褒姒倾城，妲己祸国，自古英雄难过美人关。纵然心中万般不快，徐志摩还是在陆小曼的温柔攻势下拿出了那笔钱，因为他想让陆小曼开心。眼前娇滴滴的爱妻，曾为了他拖着病体奋力抗争，熬过苦痛与绝望，只为了与他双宿双飞，一套行头，又能如何……

刚过完圣诞节，由陆小曼、翁瑞午主演的戏剧如期演出。因为参演者都是名流，在当时引起极大轰动，掌声与鲜花不断，报纸上更是连篇累牍地报道了此事。

陆小曼如愿以偿地穿上了新衣，极尽风光；徐志摩却郁郁寡欢，他感到自己的生活已经在不受控制地向着某一个方向滑行，而他却毫无抗争的能力。

那套戏服真的很美，他爱的小曼，在台上真的很闪耀，可是他却只感到悲伤和无助。

他在日记里写下自己内心的矛盾与挣扎："我想在冬至节独自到一个偏僻的教堂里去听几折圣诞的和歌，但我却穿上了臃肿的袍服上舞台去串演不自在的庸戏；我想在霜浓月淡的冬夜独自写几行从性灵暖处来的诗句，但我却跟着人们到涂蜡的跳舞厅去艳羡仕女们发光的鞋袜……"

在自己的愿望与陆小曼的想法产生冲突时，徐志摩总是毫不犹豫地选择满足陆小曼。他爱着她，他愿意尽己所能地满足她的喜好、她的要求、她的全部愿望，哪怕只有他一人不断妥协。

看着陆小曼的笑颜，徐志摩是快乐的，但这样的快乐就像海市蜃楼一般稍纵即逝，永远无法从虚幻化为真实，而他那些违心的迁就和付出，也没有得到陆小曼的理解。

戏台上，他是无足轻重的配角，演着与自己全然无关的人物；生活中，他是陪伴不力的丈夫，奔波赚钱，埋头工作便是他的全部价值和意义。

1927 年的夏天，徐志摩与闻一多、梁实秋、叶公超等人筹划开办了新月书店，并陆续出版诗集《巴黎的鳞爪》和《翡冷翠的一夜》。

他依旧是那个诗情洋溢、热情烂漫的诗人。对于朋友，他总是一副笑脸相迎，仿佛他是个没有烦恼的人。他将自己的苦闷藏在心里，写在笔端，让忙碌的工作麻醉自己，掩盖那越发尖锐又越发沉重的烦闷。

透过理想的镜片，他看到的爱情和人生是纯净的、诗意的，有着近乎神圣的崇高，但现实却并非如此。现实生活的烦琐与烦忧，那些无法解决的问题，不断碾压着徐志摩心中神圣的爱情，不断冲击着他对人生的美好向往与绝对信念。

欧洲留学的希望，最终化作"民女苏三"戏服上的一针一线，化作陆小曼茶余饭后一掷千金的余兴节目。徐志摩的理想落入现实的深渊，他感到心中有什么东西碎裂开来，流淌出一片温热，又在无人问津的黑暗中，凝成一摊冰凉的寂静。

从未轻言放弃

流言之下

心高气傲的人，听到旁人的任何指摘，都会将其理解为嫉妒；任性骄纵的人，不愿接受任何管束，自己永远没有错，不需要反省，更不需要调整和改变。这样的人一旦走上错误的道路，便会越走越远，越陷越深。

心高气傲的陆小曼就这样在玩乐的大道上急驰而去。徐志摩用尽办法想将她拉回到身边，让她重新安于朴素，却只换来陆小曼的不耐烦。

陆小曼不明白，自己与徐志摩相识时便是如此，当初他那么欣赏自己，现在却不断横加干涉。离婚之前，王赓以丈夫的身份处处限制她，徐志摩为她的处境愤怒，替她的遭遇不甘。如今陆小曼逃出牢笼，再没人限制她的自由，可那个一直向她呼吁追求自由的徐志摩，却像曾经的王赓一样对她管头管脚，令她心烦，让她生气。

徐志摩坚持不懈地苦心劝说，陆小曼固执己见地掩耳不听。她坚持要在自由的生活中不断放飞自己的愿望，想要什么就必须拥有，想做什么谁也不能阻拦。在徐志摩的爱护和宽容中，她越发地任性起来。

爱是忍让与包容，徐志摩能忍着心痛，纵容陆小曼的宴游、挥霍，也能接受她与翁瑞午之间的接触，但在外界看来，这些都是陆小曼放浪无德的证明。

1927年底，随着义演火爆起来的，还有刊登在《福尔摩斯小报》上的一篇文章，标题为《伍大姐按摩得腻友》，署名"屁哲"。

文中提到"诗哲余心麻"与"交际明星伍大姐""汪大鹏""洪祥甲"，分别影射徐志摩、陆小曼、江小鹣与翁瑞午。除了影射陆小曼私生活放荡，与多人关系亲密，更是将按摩一段写得极尽露骨。

闲人爱闲言，没人喜欢传颂他人功绩，却喜欢传播他人的污点，无论真假。

当事者看到这篇文章，自然义愤填膺，但其中最难过的人，当属徐志摩。从自由恋爱的实践者和自由婚姻的捍卫者，沦落为人们争相嘲笑的软弱文人，徐志摩除了要面对陆小曼的不理解，还要面对外界的攻击与嘲讽。

痛苦如潮水般袭来，将他彻底淹没，但现实的问题还需要他一个一个去解决。

小报上的下流文章，引起了租界巡捕房的干涉，因为有伤风化，被临时法院处以警告。但这篇文章在上海大肆传播，使徐志摩、陆小曼饱受谣言中伤，因此他们坚持要追究到底。于是徐志摩、陆小曼与江小鹣和翁瑞午一起聘请了律师，向法院提起刑事诉讼，起诉《福尔摩斯小报》的编辑吴微雨。

1928年1月，经过审理，法庭驳回了刑事诉讼，将此案定为民事案件，最多能获得一些赔偿。令徐志摩与陆小曼颜面尽失的小报风波就这样不了了之，但带给他们的影响却远远没有结束。那阴影就像黏在画卷上的浓墨，时刻都在提醒着他们曾经遭受过的羞耻和不堪的回忆。

爱是纯粹而神圣的，却无力对抗污秽的现实。它无法彻底扫去尘埃，也无法真正托起一个倦怠的灵魂。

纵然徐志摩将无尽的爱全部献给了陆小曼，却还是不能感化她，不能让她脱离声色犬马的玩乐，也没办法引导她向着美的理想事业奋进，去开辟属于自己的道路。

尽管盼望她奋进的希望落空，尽管带她出国游学的愿望破灭，徐志摩依旧是那个最理解陆小曼的人。他知道她的病痛，知道她的烦闷，知道她的苦衷，知道她心性纯良，她只是贪玩，只是懒散成了习惯，只是身体无法承受紧张的生活，她只是……

那一声声的辩白，那毫不犹豫的笃信，都是徐志摩的爱。但一个人的爱，若是得不到同样热切的回应与肯定，还能燃烧多久？

即便是内心极度敏锐、极富感伤情怀的诗人，也开始陷入迷茫与彷徨之中。

流言止于智者，徐志摩不知自己是不是智者，他只知道，外界传得沸沸扬扬的那些话，是恶意的中伤，并非事实。但在流言之下，在他的家中、他的房中，却不断上演着令他无法面对的一幕一幕。

忍着心痛，他看着陆小曼染上了鸦片。最初，她吸食鸦片只是为了缓解病痛，但正是这浅尝的开始，将她拖向了更黑暗的深渊。

鸦片真的很神奇，之前陆小曼的身体没有一天是完全舒适的，无论是喝人参汤还是吃补品都没有用。在翁瑞午的劝说下，她试着吸了几口鸦片烟，便精神抖擞，百病全消。

从此，徐志摩与陆小曼卧室闲置的后间摆上了一张烟榻，专供陆小曼使用。二楼客堂中也摆了一张，供客人吸烟使用。

在远离流言的家中，在厚重垂帘后面的卧室中，藏着让徐志摩不忍直视的昏暗现实。他愤怒，他心痛，最终，他还是选择了妥协。他没有强硬地制止陆小曼，只为了让她享受那片刻的舒适，只为了多看几次她那越发难见的笑颜。

再别康桥

最初的悸动是倾诉，最后的无奈是沉默。当两个人都感到对方不理解自己，当两个人都不知该说什么时，一段感情便那样搁浅在时间的河滩上，缓慢地蚕食着彼此的热情。

徐志摩与陆小曼的感情，始于倾诉，成于理解。

曾经，徐志摩在信中这样写着："你要告诉我什么，尽量地告诉我，像一条河流似的尽量把它的积聚交给天边的大海，像一朵高爽的葵花，对着和暖的阳光一瓣瓣地展露它的秘密。你要我的安慰，你当然有我的安慰，只要我有我能给；你要什么有什么……"

但现在，陆小曼对他的劝告不闻不问。要她早起早睡，她做不到；要她少吸鸦片，她不肯；要她节俭些，她却满腹委屈，只当是徐志摩想要限制她，而这些限制，全部来自对她的不够理解、不够包容。他们总是争吵，渐渐地，连对彼此和颜悦色地说话都做不到了。

陆小曼是骄傲而要强的，她在意的，是他人拥有的东西自己没有，却很少意识到，她拥有的早已比许多人还要多。

徐志摩负责赚钱养家，陆小曼负责貌美如花。

她花钱从来没有计划，只知道要最好的。若是遇见喜欢的东西，不论是否需要都会毫不犹豫地买回来，就连家里的用人也总是衣着光鲜，与一般人家的小姐不相上下。

那时的她，一个月至少要花掉 500 大洋，有时甚至高达 600 大洋，而那时一名工人的月薪大约 10 个大洋。陆小曼的花销，已经不是奢华，而是真正的挥霍无度。

即便拥有这样的生活，陆小曼依旧苦闷不已。她感到徐志摩对他已经大不如前，不仅干涉她的生活，不让她打牌，不让她吸鸦片，甚至在她缠绵病榻时，徐志摩也不在她身旁。

也许对于陆小曼来说，徐志摩放下一切陪伴自己才是最重要的，但若是徐志摩放下工作，停止奔波，日日相守时时相伴，她那流水一般的花销，又要谁来承担？

曾经，她的花销由王赓负担，徐志摩只要负责消解她的烦闷便好；如今，徐志摩负担起她那持久巨大的花销，却再没有空陪她赏月赏花，对酒对诗，笑看世间烦忧。

两个人各怀心事，却始终谈不到一处去。徐志摩希望陆小曼更多考虑他们的家、他们的未来，陆小曼却要徐志摩多考虑她、多体贴她。曾经紧贴在一起的两颗心，悄悄地生出对彼此的失望，仿佛一层灰蒙蒙的雾气，阻隔了世间的明媚与希望。

徐志摩知道，陆小曼向来如此，从未改变。曾经的他，以为只要离开那无望的牢笼，陆小曼的身心只要获得彻底的解放和自由，她身上的光辉便可以毫无保留地绽放；如今的他，却在想陆小曼是不是原本便是这样的人，慵懒懈怠，耽于玩乐，不知上进。他甚至在想，这个让他不惜惹怒父母的可爱女人，是不是他人生中那个对的人。

可是，感情的事从来分不清对错，正如1928年春节期间他在日记中悄悄写下的那般，他们之间永远分不出孰是孰非，而在不断的争吵与失望中，他的世界已成为一堆无望的灰。

> 对不对像是分一个糖塔饼，永远分不净匀……最容易化最难化的是一样东西——人的心……过去的日子只当得一堆灰，烧透的灰，字迹都不见一个。

1928年的春天到了，徐志摩的散文集《自剖》由新月书店出版。《新月》月刊也正式创刊，他与陆小曼合著的剧本《卞昆冈》开始在《新月》上连载，并由青岛"光明剧社"首次搬上话剧舞台，进行实验演出。

一切似乎都在向着好的方向发展，但徐志摩此时已经身心俱疲，敏锐的他已经察觉到自己婚姻中的问题。他知道问题不在翁瑞午，也不仅仅是因为鸦片。他相信陆小曼，正如他所说："夫妇的关系是爱，朋友的关系是情，罗襦半解、妙手摩挲，这是医病；芙蓉对枕，吐雾吞云，最多只能谈情，不能做爱。"

谁都没有错，所以他不知从哪里解决，也不知该如何解决。怀着迷茫与苦闷，他写下诗歌《我不知道风是在哪一个方向吹》。

人们在心情烦闷至极的时候，总想奔向外面的世界，徐志摩也是如此。春去夏来，他踏上了第三次出国的旅程。

虽然对陆小曼的生活作风极为不满，虽然他一心想要逃离烟榻，逃离那个醉生梦死的家，但徐志摩依旧在为他和陆小曼的家努力着。他随身带了很多古玩，打算在旅行过程中变卖。

这一路，是游访，更是散心，日本、美国、英国，最后抵达印度。他见了许多朋友，更是在欧洲故地重游。

怀着悲伤与茫然的心情，他笔下的康桥越发美好，就像一场遥不可及的梦，揉碎在星光下，就像他携爱妻留学的好梦，倒映着夜上海的灯光，沉入摇晃的红酒杯，再不见踪影。

直到那一年的 10 下旬他才启程回国，并在 11 月回到上海。

旅行期间，他寄回了九十多封信，写满了想念，也当作自己周游的成绩。但那些信却没有被认真对待，更没有得到妥善保管，它们在陆小曼喷吐出的轻烟中散落无存，再也寻不回。

徐志摩不知道，碎裂的到底是他的梦、他的心，还是他的想象，但他知道，挥别之后，康桥的柔波与巴黎的河岸，隐入了伦敦的迷雾背后，那是再也回不去的光明与纯净。留给他的只有深夜无眠时的回忆，环绕身边的，依旧是热闹的寒暄，是鸦片的缭绕烟雾，还有迷醉其中的陆小曼。

尽其所有

有人说，婚姻是爱情的坟墓，当相恋的两人步入婚姻，爱情从此入土长眠，只有墓碑供人缅怀凭吊。

轰轰烈烈的爱情，在燃烧彼此时宛若绚烂的烟火，却转眼只剩记忆中的壮丽。在巨大的反差面前，徐志摩彻底认清了现实的昏暗。

他曾以为爱是一切，爱能带来一切，改变一切，催生一切美好。他一直以为，自己与张幼仪的婚姻不幸是因为缺少爱，如今他凭着爱神的指引遇见陆小曼，一切都应该美好如理想中的世界——夫妻相守，琴瑟和谐，共同面对生活中所有的艰难考验。

想象万般美好，怎料事实竟如此不同，婚姻不是他想象中的模样，就连他自己，也变得不像自己了。

为了挣到更多的钱，向来清高的徐志摩在授课之余还去做房产经纪人。为了谈成交易，没有课的日子里他时常要奔走各地，在家的时间也变得屈指可数。但即便他拼尽全力，也无法支撑陆小曼巨大的开支，终不得已，他开始在朋友之间举债。

身边的朋友都为徐志摩感到惋惜，觉得他实在是太苦了。胡适那位包办婚姻的妻子每天守在家里相夫教子，张歆海的妻子韩湘眉不仅能持家教子，还能教书工作，而徐志摩曾经心心念念的林徽因，已经与梁思成一起投身于热爱的建筑事业中。而陆小曼呢？吃喝玩乐的生活她过了许多年，早已养成习惯，努力奋进的生活却是她从未体会过的。她曾经一度羡慕林徽因出国留学，最后自己却为了虚荣，将出国留学的赞助资金买了义演的戏服，从此打碎了徐志摩的夫妻游学梦。

徐志摩的辛苦，所有人都看在眼里，唯有陆小曼置若罔闻，不闻不问。

每当徐志摩回到家，看到的都是躺在烟榻上的陆小曼，还有旁边的翁瑞午；当他早上起来，家里却没有早饭，因为陆小曼还没有起床——她总要睡到中午，才会开始自己那浑浑噩噩的一天。

她喜欢新衣服，她追求时尚，各式新潮的衣服都要拥有，从布料到做衣服的师傅都要精挑细选，可是，作为妻子，她却很少留意徐志摩的衣物。徐志摩经常在外奔波，衣服却只有一两身，早已破旧不堪，就连胡适的妻子都帮他补过袖子。

若是遇到外出演讲或是需要正式服装的场合，徐志摩只能向张幼仪求助。

那个曾经被徐志摩说成"乡下土包子"的张幼仪，此时已经在上海拥有了自己的时装店。每当徐志摩的生活捉襟见肘时，她还会以个人的名义借钱给他。无论是因为曾经的夫妻情分，还是后来的朋友情谊，张幼仪从来都不曾断绝与徐志摩的来往。

离婚数年的他们，终于能像朋友一样好好聊聊，这是在他们的婚姻中从不曾有过的平等与信任。说起近况，徐志摩只有苦笑，但他从未抱怨过，因为在结婚的那一刻，他便在心中发誓要与陆小曼一生一世、白头偕老。

作为丈夫，供养陆小曼是他的义务，想办法让陆小曼振奋起来，是他的责任。为了陆小曼，他愿意尽己所能，去谋一个幸福的未来。

那段漫长的岁月里，徐志摩一直挣扎在金钱的滚滚车轮下，却从未停止过奋进。

在英国时，徐志摩见到了泰戈尔的秘书恩厚之。恩厚之迎娶了一位极为富有的遗孀，并在英国进行农村建设改革，徐志摩参观后很感兴趣。在他看来，落后的中国也应当施行农村建设，所以回国后，他便开始在江苏和浙江进行第一步的实地考察工作。

1929 年 1 月，徐志摩一生敬重的老师梁启超在北京病危，徐志摩匆匆赶去，见了恩师最后一面。梁启超逝世后，徐志摩怀着悲痛与崇敬，花费大量时间和精力，与胡适、梁思成等人一起整理梁启超的遗稿。

3 月末，泰戈尔抵达上海，这一次他没有声张，而是以私人访友的形式提前联系了徐志摩。当泰戈尔抵达时，徐志摩与陆小曼特意准备了极具印度风情的房间，但泰戈尔却很喜欢他们那充满中式气息的卧室，徐志摩与陆小曼只能将卧室让出，供泰戈尔居住。

对于陆小曼来说，泰戈尔的来访并没有什么特别的意义，但徐志摩却在精神上得到了极大的鼓舞，他再一次热情满满，投身于与文学有关的工作与创作中。

辛苦的日子总是过得很快，与陆小曼终日的闲适相比，徐志摩就像一个永不止歇的陀螺。

那一年的春天，他前往南京参加教育部举办的第一届全国美术展览会筹备工作，被推举为筹备处事，同时还与杨清馨合编了《美展汇刊》。

随着《新月》月刊的改组，闻一多离开了编辑部，徐志摩先与梁实秋、叶公超等人一起担任编辑。7月，他也离开了《新月》月刊编辑部。

同一时期，徐志摩辞去东吴大学与大夏大学的教授职务，只保留上海光华大学的工作；到了9月，他接受了南京中央大学的聘用，之前在上海东西奔波的生活，转眼变为在南京与上海之间两地奔波。

其中的辛苦自不必说，但徐志摩从未犹豫或抱怨过。他依旧像曾经一样爱着陆小曼，依旧履行着尽己所能、尽己所有的承诺。

他一直怀着希望，希望陆小曼有一天能幡然醒悟，能猛然惊醒，能突然奋进起来。他一直等待着他们的生活可以冲破重重迷雾，苦尽甘来。

第四章　如果一切可回首

如果你真的要走
　　请记得叫醒我
不要留我在苍白的黑暗里
　　只能握到自己的手

回忆里的星星会笑
　　回忆里有树在舞蹈
而你却早已不在
　　独留我在醒不来的梦里
半生频回首

怨

走失的爱

没有人会心甘情愿地看着自己曾经的努力与忍耐付之东流，即使是最绝望的时刻，也要放手一搏，去争取、去挽留、去寻求通往幸福的最后一丝可能。

陆小曼对鸦片的依赖，成为徐志摩心头一块无法移除的大石，每次想起，他都不禁叹息连连，为她扼腕叹息。无数个日夜，敏感多思的徐志摩将那些抑郁藏在心里，他不忍让病痛中的陆小曼再受委屈，却又无法面对和接受这样的事实。

于是他远走国外，希望用离别唤醒陆小曼，让距离带他们重回曾经的甜蜜时光。那时她只要他，那时他们的生命中只有彼此。

远行的路上，徐志摩想起的都是陆小曼的好，他不断地写信，无比虔诚地盼望着陆小曼的改变，但当他回到上海，却发现一切如旧，就仿佛他从未离开过一般。

她思念自己吗？徐志摩不知道，但那段分别的时光，却让曾经如胶似漆的两个人出现了隔阂。曾经的陆小曼对徐志摩无话不说，后来的陆小曼，对徐志摩无话可说。

陆小曼依旧爱着徐志摩，但她知道，他对她，有自己的想象和要求；徐志摩依旧爱着陆小曼，但他知道，她不会做出任何改变。

据说，人之所以放不下，皆是因为痛得还不够。那么，痛到不能再痛，便会放弃吗？

徐志摩的词典里根本没有放弃这个词，尤其是对于他顶亲爱的陆小曼。他们因为对爱的渴望相知相恋，他们经历了太多挫折才终于走到了一起。

结婚时，徐志摩便下定决心要与陆小曼相守一生一世，而陆小曼也将徐志摩看作生命的阳光与上天的馈赠。

在重重阻碍之下，他们熬过岁月，选择了彼此。岁月流淌成河，他们却怀抱着自己的爱走失在岔路口的迷雾中，无论如何努力，无论如何奔跑，都无法再走入对方的心中。

纵然有诸多不如意，生活却还要继续。徐志摩在南京和上海两地教书，下课后的时间则用来为中华书局编选文学丛书。那时，他每个月的收入已经超过千元，却依旧无法满足陆小曼的花销，欠下的债也越来越多。

他感到自己仿佛走在阴沉、黑暗的甬道上，一路向着绝境摸索，看不到一线天光，更没有任何希望。

只有面对学生时，徐志摩是快乐的。即使风尘仆仆疲惫满身，面对心怀热情的学子，他依旧打起十二分的精神，将自己的所知、所感、所想毫不保留地教给他们；可当他回到家，校园里那鲜活的气息便荡然无存，迎接他的是扑面而来的呛人烟雾，等待他的是陆小曼那萎靡不振、毫无生气的脸庞。

有的时候，徐志摩甚至更愿意逗逗韩湘眉送他的猫。韩湘眉在成为张歆海的妻子之前，曾与林徽因、凌叔华和冰心并称当时学生界四大美人，与徐志摩也是私交甚好。陆小曼固然相信徐志摩对自己的爱与忠诚，但作为妻子，她依旧不喜欢徐志摩与其他女人接触太多。

韩湘眉送的那只猫，常常成为他们吵架的理由。或者说，生活中的任何一件事，都可能成为他们吵架的理由。

本应相互理解、相互体贴、相互扶持的两个人，如今却是一个整日疲于奔命却依旧入不敷出，一个想要很多很多的爱和很多很多的陪伴，若得不到，便生出满屋的怨，让曾经记忆里那些闪光的温柔瞬间，纷纷失了颜色。

陆小曼的身体依旧常有不适，这样的时刻，常常是翁瑞午陪在她身边，帮她按摩，陪她聊天，伴她吞云吐雾，沉沉迷醉；而为稻粱谋的徐志摩，独自一人在三楼的书房里埋头笔耕，孤灯相伴，呕心沥血，只为挣到更多的钱，供陆小曼买衣服、看戏、跳舞、吸鸦片……

谁能说徐志摩不爱陆小曼呢？可这样纵容宠溺的爱，根本无法唤醒奋发向上的精神力量。这样无条件的爱在迷离的烟雾中走失，一颗心四顾无依，所见之物，只有陆小曼斜倚榻上，幻梦浮沉。

何必猜疑

在无望的生活里，热情是唯一的庇护，它能让人在最无助的时候昂首前行，在最昏暗的处境中依旧相信未来。

朋友们都说，徐志摩是一个像太阳般温暖的人，他身体里有火，总在不停地燃烧。他善良又热心，待人总满怀着一腔赤诚，他会为了自己的理想和自己认定的真理不懈奋斗，感情上如此，生活中更是这般单纯而执着。

即使家中的陆小曼和她手中的那杆烟枪让他感到如坠深渊，徐志摩也依旧努力生活着，重压之下，写作成为他唯一的避风港。

1930 年 4 月，他的小说集《轮盘》由中华书局出版，他自己则一直为《诗刊》的创办奔忙着。他的笔没有停下过，但他的生活毫无波澜，除了困顿拮据，仿佛再无事可说。

秋天，徐志摩辞去南京中央大学的教职，在胡适的邀请下前往北京大学办校务，之后继续北上，到沈阳去探望林徽因。

那时的梁思成与林徽因正在东北大学任教，寒冷的气候让林徽因的肺病更加严重。作为好友，徐志摩为她感到痛心，但这样的关心到了陆小曼眼中心中，却生出另一番滋味。

林徽因曾是徐志摩疯狂爱慕和追求的对象。为了林徽因，他甘愿背负抛妻弃子的罪名，如果那都不算爱，还有什么才是爱？

陆小曼介意，她介意林徽因曾出现在徐志摩的生命中，成为一道永远无法替代的光彩。她无法克制地怀着嫉妒与敌意，站在徐志摩背后，想象着那个活在徐志摩心中的林徽因。

在徐志摩看来，陆小曼的这些醋意都是捕风捉影的猜疑。他知道自己的心，知道自己深爱着陆小曼，可是，连陪伴都做不到的他，又要如何向陆小曼证明这一点？

在1930年冬天的学潮中，徐志摩离开了光华大学。为了谋生，他不得不离开陆小曼前往北京，进入北京大学英文系任教，同时兼任女子大学教授。

1931年2月下旬，徐志摩抵达北京，住进胡适家中。虽然在北京上课，但他还兼任上海中华书局与大东书局编辑之职。从之前南京、上海之间的短途奔波，变为往返于北京上海两地，距离的拉长，让他辛苦维系的爱情也变得更加岌岌可危。

他写信催促陆小曼，让她将韩湘眉的猫还回去，陆小曼不高兴。他信中提及林徽因的肺病已经极为危险，必须离开家、离开幼子进山休养，可怜可叹，语气中的怜惜更让陆小曼心生醋意。

林徽因的病痛让徐志摩伤怀，那么她呢？她何尝不是多年病痛缠身。明知她的身体如此，徐志摩却还是忍心北上谋生，又可曾将她放在心上？

陆小曼是骄傲的，她固然渴望怜爱与呵护，却绝不可能去索取和要求。在她看来，徐志摩若是爱她在意她，自然会对她千般疼万般好，但他执意北上，证明他对自己的爱已经产生了动摇。

无论徐志摩在信中如何解释，如何安慰，如何保证自己在远离陆小曼的地方也是一个"乖孩子"，陆小曼依旧是介怀的，于是在她原本任性的脾气中，又生出许多怨。

那时的徐志摩一星期要上 16 个小时的课，北大和女大分别 8 小时，课程安排的时间又很集中，一天内总要在两校之间奔波。他总是睡得很晚，却不能晚起，因为住在胡适家，胡适的太太见状总忍不住感叹说徐志摩实在可怜。

那一年的元宵节，陆小曼在上海，徐志摩在北京。北京的月亮很圆，徐志摩在等待陆小曼的信，他离开家已经10天了，却只收到一封家信。

没有消息的日子里，徐志摩几乎隔一天就会写一封信。每天能见面时，徐志摩为了陆小曼吸食鸦片、作息不规律而烦恼；相隔两地后，他又为陆小曼的身体担忧。

徐志摩的北上，是生计上的迫不得已，更是为了从浑浑噩噩的酒色洋场中逃离出来，寻求更积极、更向上、更接近美的人生。他希望陆小曼也能如此，离开那个令人迷醉怠惰的环境，也离开那种怅怅无求的生活。

因此，他开始劝说陆小曼离开上海，随他一起到北京生活，他渴望与她一同创造一个新的开始。

他相信，只要他们是相爱的，只要他们能在一起，猜疑也好，矛盾也罢，都不是问题，一切都能解决，一切都不成问题。

过往成尘

最远的距离不是山高水长，而是两颗心越来越远，是不再信任与无话可说，是每一次的猜疑与每一次的误会。

徐志摩对陆小曼的爱，是骄纵，是宠溺，更是信任。当她还是王太太时，他便不顾一切地与她站在一起，理解她，体谅她。当人们嘲笑陆小曼与翁瑞午在他的面前苟且，他毫不犹豫地为陆小曼辩解，说他们只是医生与病人，只是戏友与烟友。

陆小曼对徐志摩的爱，是依靠，是独占，更是索取。她可以交友广泛，因为她问心无愧，在与其他男人来往时，她自信能把握分寸，任外界流言四起，她只要徐志摩一人信她。

可是，她不能接受徐志摩心中还有其他女人的影子，特别那个女人，是让她自惭形秽的林徽因。

女人的心病总是无药可医，徐志摩的情话说得再动听，为他们的家奋斗再多，陆小曼也总在疑心自己只是林徽因的替代品。这样的怀疑与不安，在徐志摩北上之后变得越发强烈起来。

那时的林徽因已经带着母亲和孩子去了香山养病，每日只有两个小时见客。偶尔天气好时，徐志摩会与金岳霖等人一起结伴去探望她。

考虑到曾经有过的感情纠葛，徐志摩也格外谨慎留意，他与林徽因相见不多，更没有陆小曼凭空猜疑的超越朋友的情感。

可是，他们之间的问题依旧无解。

徐志摩不断地逃离，逃离上海，逃离陆小曼，先是出国，之后是北上教书。他们结婚3年多的时间里，徐志摩在外的时间超过半数。

曾经那些熨帖入心的陪伴，曾经那些心有灵犀的默契，仿佛都卷入时光的巨轮之中，被碾得粉碎，与过往一同成尘，禁不起一阵风吹，眨眼便消散得再无踪迹。

在爱情与婚姻中，陆小曼心灰意冷，再加上小报事件后，她的声誉大跌，成为人们茶余饭后的笑谈，让她越发我行我素、自暴自弃起来。

既然名声如浮云，留住太难，被风言风语一吹便散尽，那么何必为名声忧心，何必要在意名声？虽然众口铄金，但她全不在意。

徐志摩依旧在劝陆小曼北上，信一封接着一封，虽然亲切，语气却越发严肃。

就算你和一个地方要好，我想也不至于要好得连一天都分离不开……就算你这一次迁就，到北方来游玩一趟；不合意时尽可回去。

不然就是与她详细地说在北京上演的戏剧，连哄带骗。

北京实在是比上海有意思得多，你何妨来玩玩。我到此不满一月，渐觉五官美通，内心舒泰；上海只是销蚀筋骨，一无好处……眉眉，我觉得离家已有十年，十分想念你……你不在，我总有些形单影只，怪不自然的。

陆小曼却不为所动。她从 6 岁开始便生活在北京，她知道那座城的好，也知道那座城的不好。可是那时，政府在南京，最热闹的地方在江南，最好的享乐在歌舞升平的上海。

徐志摩去了北京，有许多朋友，陆小曼到了那里能有什么呢？北洋政府退出了历史舞台，陆家在北京也再无根基，难道要她去北京做一个教师的太太吗？

她不喜欢听到徐志摩说上海不好，说鸦片不好。她总觉得，那些话的矛头都指向她：不是上海不好，而是她陆小曼不好，所以徐志摩才会离家北上；不是鸦片害人，使人堕落，而是在徐志摩眼中，陆小曼就是一个堕落的女人。

陆小曼的怨气大多来自她的任性。她依旧是那个必须被捧在手心中的孩子，时刻需要关怀和爱护，时刻都要感受到，自己是世间最重要的唯一。

而作为这唯一，她怎么可能乖乖听徐志摩的话跟他去北京呢？面对诱惑时，陆小曼总是那么不坚定，但面对劝说，她却总有惊人的定力，从前如此，现在依旧。

她要的是完美的爱情，她要的是徐志摩心甘情愿地回到她的身边，她才能勉强考虑一下，自己是不是要原谅他没能时时陪伴的过错。

在感情中，她绝不肯低头，哪怕在孤傲的执拗中渐渐失去温暖和希望，要强的她也绝不肯妥协。

为了得到绝对的呵护与宠爱，她不惜负气关上心门，冷眼看着徐志摩在门外徘徊呼唤，也不惜看着过往的美好，消失在漫长又冰冷的分别之中。

裂痕

拒之门外

对一个人的不喜欢可以到何种程度？人与人之间的无法理解与容忍，又能到何种程度？

徐志摩与陆小曼原本就是两个世界的人，却以爱之名走到了一起，从此生活里满是艰辛，从此身边满是指责与非议。对于流言，他们可以选择不予理睬，但来自父母的指责，又该如何面对？又要如何释怀？

1931 年，徐志摩前往北京任教时，他的母亲已经病重。到了 4 月，随着母亲病情的恶化，徐志摩也回到了硖石，守在母亲身边。

4 月 23 日，徐志摩的母亲去世了。

得知婆婆去世，陆小曼也从上海赶往硖石奔丧。可是，徐申如听说陆小曼要来，直接威胁徐志摩，若是陆小曼来他便走。

陆小曼是徐家的儿媳，她知道公婆一向不喜欢她，也不许徐志摩带她回去探望病中的婆婆，却没想到竟然连葬礼也不让她参加。更让她气愤的是，张幼仪以徐家干女儿的身份参加甚至主持了徐母的葬礼。

原来她一直都没有得到徐家的承认，而张幼仪，虽然早已与徐志摩离婚，却一直是徐家最看重的儿媳。自从结婚以来，她便在徐家受尽冷遇，而徐志摩却未曾替她发声、替她抗争过。

徐志摩也很不高兴，陆小曼是徐家唯一的儿媳，却独独将她一人拒之门外。他为此不惜顶撞父亲，徐申如却一腔悲愤，跑到灵前大放悲声，好不容易才被劝住。这样一闹，徐志摩也只能暂且压下不满，规规矩矩地为母亲守孝。

如果说之前陆小曼对公婆只是有所不满，那么经过葬礼的事，她几乎开始生出怨恨。可是，冰冻三尺非一日之寒，葬礼上的一切，早已在许久之前就埋下了根源。

最初，徐申如夫妇只是不喜欢陆小曼，相处一个月的时间，更让他们笃定了陆小曼并非贤妻，也不是他们能容忍的儿媳，但那时的徐申如夫妇选择了回避，他们不愿让爱子为难。

徐申如原本打算让徐志摩与陆小曼独自面对生活的不易，借此改掉陆小曼身上的挥霍习惯，没想到陆小曼在战乱流离中饱受折磨，从此落下病根，最终染上了鸦片。

事实上，徐申如夫妇北上投奔张幼仪之后，只在北京过了一个春节。春节过后不久，张幼仪的母亲病危，她便带着徐申如夫妇和儿子回到上海。短短百天时间，张幼仪的母亲与父亲相继去世。那之后，张幼仪便留在上海，先在东吴大学教德文，后来出任上海女子商业储蓄银行副总裁，并开办了云裳时装公司。

一直与张幼仪生活在一起的徐申如夫妇，也在张幼仪定居上海后回到硖石居住。他们偶尔会前往上海探望徐志摩，但每次都会住在张幼仪那里。

陆小曼对此是不满的，公婆近在硖石，却对他们的困境不闻不问。明明她才是儿媳，每次来上海却总去找张幼仪——徐志摩的前妻。

徐申如夫妇何尝不心疼儿子，正是因为心疼徐志摩，他们才对陆小曼越发怨恨。她挥霍无度，不问家事，更过分的是她还吸食鸦片。

因此，在徐申如夫妇心中，陆小曼早已不再是徐家的儿媳。他们不愿提起她，更不愿想起她。正是因为知道妻子不喜欢陆小曼，徐申如才坚持不许她参加那场葬礼。

人心总是各自为政，陆小曼有陆小曼的道理，她做得再不好，仍然是徐家的儿媳，更何况她并不觉得自己做错了什么。但是，徐申如夫妇却觉得陆小曼几乎是十恶不赦的女人，是害苦了徐志摩的罪魁祸首。

围绕在徐志摩身边的两代人，从徐志摩新婚后不久便开始剑拔弩张，越发不能相处。到葬礼一事之后，对彼此的厌恶和憎恨更是达到了高峰，再无调和回旋的余地。

早知这样，最初若好言解释，认真沟通，也许不会走到如此田地，但人生没有如果，更不可能早知如此。更何况，无论是徐申如夫妇还是陆小曼，都不可能妥协、退让，更不可能改变。无论何时何地，他们永远都无法达成真正的共识，无法真正和睦相处。

而这一切都是徐志摩的选择，他选择了陆小曼，却无力让至亲至爱的父母接受陆小曼。他希望陆小曼成为令人称道的奋进之人，却无力将陆小曼拉出病痛与消极的谷底。

在爱面前，他是那样赤诚勇猛，但在现实面前，却又那样渺小而无力。

南来北往

有些人注定了一直在路上，有些人则盼望能在一个地方久留。在路上的人，感叹的总是新的风景，留在一地的人，怀念的都是逝去的时光。

曾经的徐志摩，夹在父母与妻子之间，两边为难。他总想拉拢双方，因为家人之间的感情最为要紧。可是，他身边的人又有谁真正顾及他的愿望呢？

不准陆小曼参加葬礼，徐志摩大为不快，但这些怨气最终也以母亲的丧事为重而不了了之。

孝顺如徐志摩，看着悲痛的父亲，实在不忍心再为陆小曼讨要说法。之前的他，总说陆小曼心软，顾虑许多，迟迟不敢反抗，他又何尝不是如此。

也许只有相似的人才会相互吸引，但相似的人，终究也会在不断的摩擦中越走越远。

陆小曼的心情沉入了谷底，来自外界的接连否定让她越发压抑，也越发地肆意挥霍。仿佛只有随心所欲地买东西，才能让她获得片刻的欢喜。

她依旧绘画，甚至还立下志向，要学成一门画技，再见从前的朋友。陆小曼到底是骄傲的，她不能允许自己以那样低迷的状态出现在他人面前，她依旧要做那个人人夸赞的女人。

徐志摩也期待着她的奋发，他将陆小曼临摹的一幅山水画卷带在身边，找北京的朋友题字，请凌叔华等绘画界的朋友帮忙指点。

每当有人夸赞陆小曼的画工，夸赞陆小曼的聪明与灵慧，徐志摩总感到无比欢喜；每当有人指出陆小曼还需要多见世面，看更好的作品，徐志摩便忧心忡忡地希望她能走出家门，离开上海，到北京来看看，到故宫看一看。

那个被他留在家里的、总是这里不舒服那里也不舒服的娇妻，一直是他最大的牵挂，也是他一生最大的成就。

徐志摩比任何人都希望陆小曼认真生活，努力向上，才不枉他们轰轰烈烈地相爱一场，才不愧对世间最纯净美好的爱。

但此时的他早已负债累累，求财无路，还债无望。他寄居在胡适家，吃住全免，却依旧无法满足陆小曼的需要。

他时常因为钱无法安然入眠，而远在上海的陆小曼，却依旧只关心吃喝，东西随便乱放，甚至连徐志摩寄回的信也遭到如此对待，以至于徐志摩在信中颇多抱怨。

> 你总得改良改良脾气才好。我的太太，否则将
> 来竟许连老爷都会被你放丢了的。

在偶尔脆弱的瞬间，他感到自己只是一头牛，用处只有一个，便是赚钱，但他依旧任劳任怨。

朋友们说起陆小曼，总埋怨徐志摩脾气太好，才纵容陆小曼陷入那样的境地。每当听到这些，徐志摩总感到心痛不已，他无时无刻不想将陆小曼带到北京，从3月到5月，他不断地写，不断地劝。

可是，直到5月底，徐志摩赶回硖石为父亲祝寿，陆小曼依然没有接受他的"爱的邀请"。

在硖石老家，徐志摩除了给父亲祝寿，还给逝去的母亲守满"七七"，直到 6 月 11 日才回到北京。

到了北京，陆小曼的信正等着他。信中，陆小曼没有答应他一同在北京度过半个夏天，而是告诉他家中缺钱。可是，从 3 月到 6 月，徐志摩寄回家的钱足有 3000 元，他实在想不明白，陆小曼将这些钱花在了什么地方。

回信中，他写着自己的难处，写着自己的收入，算着陆小曼的花销，此刻的徐志摩已经不是诗人，而是一个不得不尽力持家算账的可怜老爷。他挣得再多，也没有陆小曼花得多，于是他在信中不由得感叹道："钱是真可恶，来时不易，去时太易。"

除了教书和向朋友借钱，徐志摩赖以挣钱的还有一支笔，但在极大的焦虑和压力之下，他的笔也慢慢变得沉重干涩起来。

短短 4 个月的时间里，他来回奔波往返，像在风里随波摇摆的篷帆。他明明有妻子，明明有家，却仿佛像断了锚链的孤独的船，无处依靠，更无法安心写作。

回想两人相识相恋的日子，似乎总是离别多过相聚，总是南北相隔多于同床共眠，即便是结婚之后也是如此。而 1931 年，注定是他们生命中最艰难、酸涩的一年。

落魄人

冷言冷语

盼望得久了，人会慢慢疲惫；失望得多了，人会慢慢绝望。而无奈与怨愤，也会在不被留意的角落肆意生长，像无人修剪的爬山虎，爬满整颗心，织成一道厚厚的墙，遮住所有阳光。

要陆小曼北上的事，徐志摩说了太多次，说了太久。他知道陆小曼腻烦，渐渐地，他也感到腻烦了。从最初的希望到失望，从最初的忍耐到无奈，他终于放弃了。

陆小曼依旧和朋友们一起玩乐，一起唱戏，而此时的徐志摩身心俱疲。陆小曼的固执令他寒心，但每当他坐下来展开信纸，还是强迫自己打起精神来，用尽可能愉快的语气写信。不是为了保全作为男人的面子，只因为她是他的爱妻，是他想要用心呵护的人。

6月的下半月，徐志摩连着寄了三封信给陆小曼。他唤她"眉眉至爱"，劝她不要因唱戏累坏了身体，劝她懂得节制，不要太任性。至于让陆小曼来北京的打算，他彻底地放弃了。

> 你恋土重迁是真的。不过你一定要坚持的话，我当然也只能顺从你；但我既然决定在北大做教授，上海现时的排场我实在担负不起。夏间一定得想法布置。你也得原谅我。

曾经一腔诗意，如今一身落魄，身边朋友都有人相伴，只有他自己形单影只，一南一北。倔强的陆小曼从不肯妥协，这一次，徐志摩也不想妥协。

> 你说是我甘愿离南，我只说是你不肯随我北来。结果大家都不得痛快。但要彼此迁就的话，我已在上海迁就了这么多年……我是无法勉强你的；我要你来，你不肯来，我有什么想法？明知勉强的事是不彻底的；所以看情形，恐怕只能各是其是。

徐志摩接受了与陆小曼南北相隔的事实，但同时他也明确地表示自己无法支撑上海的开销，甚至没有钱买票回去，如果不想借钱，就只能等朋友帮忙弄到免费的飞机票。

有些话，明明装在心里，却不愿说出口，因为那些话虽是事实，说出来却是一种伤害，对爱人如此，对自己亦如是。可是，到了心灰意冷的时候，还有什么是不能说的呢？

接连收到三封信之后，陆小曼回信了。与徐志摩的焦急与无奈相比，她的语气疏离而愤怒。

> 我是自幼不会理家的，家里也一向没有干净过，可是倒也不见得怎样住不惯。像我这样的太太要能同胡太太那样能料理老爷是恐怕有些难吧，天下实在很难有完美的事呢。

至于徐志摩提到不能回家的事，陆小曼怨气横生。

> 既无钱回家何必拼命呢，飞机还是不坐为好。北平人多朋友多好处多，当然爱住，上海房子小又乱又下流，人又不可取，还有何可留恋呢！来去请便吧，浊地本留不得雅士，夫复何言！

他的付出与牺牲，他为了家庭奔波，陆小曼并非不懂，可是对陆小曼来说，能时刻陪在身边，时刻嘘寒问暖才是她最需要的。就是这样简单的陪伴，徐志摩却无法做到。

明明应该是互通相思的信件，在徐志摩与陆小曼笔下却成了吵架的工具。陆小曼的气愤毫不掩饰，而徐志摩也被陆小曼的态度惹恼。可是，他们之间到底隔着千里路程，他又无法奔回家将她哄好，只能再去信好言安抚。

离家在外的徐志摩，何尝不想回家，像倦鸟返回温暖的巢穴，像孤帆停靠在古老的港湾，但现实却不允许他随心所欲，就连徐志摩自己也感觉到，他们那一年的运道似乎格外不佳。

至于陆小曼，虽然脾气急躁，心怀不满，虽然回信中带着怨气，语气冷淡，但她依旧不忘提醒徐志摩不要坐飞机，甚至还在"不坐"两个字周围加了圆圈，以示提醒。

遵照陆小曼的要求，徐志摩在 7 月中乘车返回上海。

此时的他，已经不再幻想陆小曼能陪他一起前往北京。他唯一渴望的，是当他风尘仆仆地回到家中，有爱人的笑脸相迎，有温柔的声音抚慰疲惫，有温暖的怀抱驱散忧愁，就像每个幸福家庭那样，就像是在他的想象中不断发生的那样。

孤灯长夜

一个过于感性的人，大概永远过不好自己的人生。完全由感情引领着的步伐，总像醉后的探戈，深深浅浅，在现实的声浪中艰难摇摆。

梁启超在世时曾问过徐志摩，为什么不能试着控制自己的感情，徐志摩却赧然回答说他做不到。他的确做不到，当感情吞噬了理性，诗魂也跟着醒来，那时的他，是浪漫的诗人，而不是一个寻常的世人。

他很敏感，他很脆弱，他很容易感到寂寞，他不知该如何处理好身边的问题，比如他和陆小曼之间的矛盾，比如他们越发鸡毛蒜皮的生活。他只能不断劝说，希望陆小曼能被他的真挚打动。

可是，陆小曼与他完全不同。从她进入外交部实习开始，社交生活便一直围绕着她。她不喜欢相夫教子的深宅生活，她喜欢出去玩乐，喜欢呼朋唤友。正因为如此，那时徐志摩才有机会接近她，成为最懂她的那个人，最终替代了王赓。

当这个一向耀眼的女人成为自己的太太，徐志摩却希望她能像胡适的太太一样，将家庭打理得井井有条，能像韩湘眉或林徽因那样，与他谈诗歌、谈文学，能伴他夜读，能红袖添香。但陆小曼只想喷上最时髦的香水在深夜去跳一支舞，喝几杯酒，或是描眉拢鬓，粉黛浓抹，伴着京剧、昆曲那婉转的唱腔轻转腰肢，顾盼回眸。

真正的分歧永远无法解决，做再多也只是徒劳，最终只是一人心累，一人心烦，两个人明明相爱却相杀。

1931年的夏天，徐志摩回到了上海，但他与陆小曼的争吵却没有缓和的迹象，原本想象中相扶相伴的婚姻生活，也就此止步不前。

7月，徐志摩在上海与邵洵美、罗隆基就改进《新月》月刊进行了讨论，在保持纯文艺还是参与政治的发展路线上产生了分歧，新月社内部也开始出现严重分歧。

仿佛所有的苦难与阻挠都在这一年集中袭来。8月，徐志摩的《猛虎集》在新月书店出版。心有猛虎，细嗅蔷薇，他心中的猛虎早已伤痕累累，而蔷薇上的刺却仍然新鲜尖锐。

陆小曼依旧病弱，家中的开销依旧极大，徐志摩的收入依旧不足，生活仿佛没有任何起色。这一切早已将徐志摩逼到了墙角，他再想不出什么办法挣到更多的钱。

时间无情地流走，夏季过去，暑假也跟着结束，徐志摩不得不再次独自北上。

他相信陆小曼是爱他的，却无论如何不能理解，为何她能忍心他们分隔两地，就像陆小曼也无法理解，为什么徐志摩爱她，却不能为了她留在上海。

从爱侣到怨侣，只是一个转身。爱有多浓，由不安产生的怨就有多深重。陆小曼的不满，在徐志摩再次北上之后变得越发强烈起来。

女人心海底针，而徐志摩并不是一名优秀的潜水员。

特别是回到北京之后，他竟在一个晚上收到四个饭局的邀约，将南、北、东城跑个遍，更是参加了有姑娘作陪的宴席，而林徽因也休养结束，从山中归来，气色颇好。

徐志摩在信中写下这些，不过是人在外的报喜不报忧，他想在忧愁的生活中摘取稍显有趣的事告诉陆小曼。他提到林徽因的气色，也不过是想劝说陆小曼也能到远离人群的地方，什么都不做地好好休养一番。

他不知道，将这些事对陆小曼和盘托出，是怎样一种伤害。

美人久病，却只能孤枕伴烟枪，本应陪在身边嘘寒问暖的丈夫，却远在北京，与朋友玩乐，会见自己曾经的恋人，还夸赞她气色颇好。那她是否面若桃花，是否风姿撩人？

事实上，就算明知徐志摩与林徽因之间再无可能，他们两人相知相惜的友谊，也是陆小曼心底永远抹不去的阴影。对陆小曼来说，徐志摩心中的林徽因，是她无论多么努力也无法替代的白月光与朱砂痣。

陆小曼感到自己被抛弃了，被抛弃在那座三层的洋房中，被抛弃在雨雾迷离的上海。她难过，她心痛，但骄傲的她又怎会承认自己的难过？

她是不肯低头的"皇后"，眼泪为她所不齿，软弱让她厌恶，她不能允许自己也成为日日垂泪的怨妇，于是她昂起头，藏起了心痛，扮出一副毫不在意的模样。

没有他的陪伴，她也可以过得很好，也可以不在乎，至少还有翁瑞午在身边，与她共卧烟榻，闲谈书画。徐志摩有志同道合、惺惺相惜的朋友，她也可以有。

至少，她有孤灯与长夜，有一颗骄傲的心，伴着寂寞的自己。

再无归路

一个人寂寞久了，心里会生出一片海，里面的每一滴水都是眼泪，咸涩中都带着说不出的苦。只要有人触碰，便会卷起惊涛骇浪，将人吞没，也将自己彻底淹没。

陆小曼的心中便有了这样的一片海，沉淀在水下的是从前的感动与热爱，浪涌中包裹的是冷漠的无谓，水面上宛若泡沫一般浮泛的，全是曾经心碎的模样。但这一切，徐志摩看不到，也看不懂。

在他那单纯的心中，只要陆小曼在他身边，所有问题都能解决；可是他不懂得，正是那些亟待解决的问题，让陆小曼选择了拒绝与对抗，选择了一意孤行。

在越发拮据的生活中，陆小曼的身体越来越差。初吸鸦片的确有缓解疼痛和提神兴奋的作用，但吸得多了，不仅止痛效果大不如前，也让陆小曼的身体变得更加虚弱。

她的脾气变得更加急躁，一半是因为病痛，一半是因为缺少爱。

11月里，陆小曼开始不断催促徐志摩回来，因为自己的生活已经无法维持下去，更因为她的内心也越发支撑不住。

当时的徐志摩已经晋升为北大的研究教授，拿着最高的薪水，并且不会被欠薪。

他一个人教授四门课程，还有女子大学的课程，同时为蒋百里与何竞武的两处房产交易忙碌着。若是能成功，他能获得近两千元的报酬。

他很想回上海，却因为没有旅费寸步难行。一想到需要再次举债才能成行，徐志摩犹豫不决，更何况当时刚刚爆发"九一八"事变，北大师生相约发表声明。无论是政治形势还是经济条件，都让徐志摩极难成行。

可是他真的很想念陆小曼，细算起来，距离寒假还有近3个月的时间，若能提前回去，便能见到他至亲至爱的小曼。

原本可以赚一笔钱的房产买卖，也迟迟无法落实。远在北京的徐志摩急于了解陆小曼的情况，但因为事情复杂，陆小曼便写信让他回来解决。

看着陆小曼寄来的信中依旧说着缺钱，还提到自己恐怕要有大病，徐志摩不禁归心似箭。他不再顾忌飞机是否安全，只想着拿到免费的飞机票，马上回去见陆小曼。

他原本决定在 11 月 7 日搭乘张学良的飞机飞回上海，却在临行的前一夜突然延期，最后只能一拖再拖。

短短的几日，他几乎见完了在北京的所有朋友。当许地山问他何时回北京，他却开玩笑地说也许永远不再回来。

因为行期延后，徐志摩在 9 日写信给陆小曼向她解释情况，并告诉她，这一次回上海，不求生意如何，只为看她。

信寄出了，还没等陆小曼收到，徐志摩便出发了。11 月 11 日，他从北京起飞，到南京时顺路探望了张歆海夫妇，并在晚上乘车抵达上海。

明明没有分别多久，徐志摩却感到似乎过了一个世纪。陆小曼又瘦了，徐志摩心疼之下，更对她吸食鸦片的事耿耿于怀。

虽说是专程为看陆小曼回来，徐志摩却只在家中住了两天。就是这两天的时间里，郁达夫还登门拜访，占用了他半天的时间。14 日，徐志摩去看望刘海粟，15 日又独自返回硖石老家。

当徐志摩再回到上海时，已经是 17 日上午，而他返回北京的时间是 19 日。他知道自己能与陆小曼相处的时间不多，却不知道陆小曼正生着闷气。

她气徐志摩在信上说是全为看她，回来后却只陪她一天时间，她更气徐志摩将返京日期定在 19 日，是为了参加林徽因当晚在协和礼堂进行的演讲。

生气的时候，她喜欢吸烟，缭绕的烟雾包围着她，总让她产生一种被环抱的感觉，让她能勉强平静下来。

徐志摩回来时，陆小曼就这样躺在烟榻上吞云吐雾。徐志摩再也忍不住，他要她戒烟，要她跟随自己去北京，离开这个让她堕落的环境。

徐志摩的语气并不好，陆小曼的心情却更不好，两个难得相见的人就这样吵了起来。气急败坏的陆小曼竟抬手将烟枪扔了过去。

毫无防备的徐志摩仓促地躲开了，但那柄烟枪却还是擦着他的眼角飞过，打掉了徐志摩的眼镜。他的金丝边眼镜碎了，但掉在地上的，却是他的心。

那些蜜一般甜的曾经，那些令世人叹为观止的壮举，那些凝望着对方双眸许下的承诺，都在那一刻崩塌，再也寻不到归路。

竟成诀别

最后的信

徐志摩走了，他怀着一腔悲愤摔门而出。留给陆小曼的，是悔恨与哀伤，更是母亲的抱怨，抱怨徐志摩并非良人，抱怨陆小曼当初选错了人，抱怨陆小曼不该非要与王赓离婚，最后落到如此境地。

这一切都让陆小曼心如死灰，于是她坐下来，将所有的怨恨都宣泄在笔端。

那一夜，无人安眠，陆小曼在等徐志摩回来，徐志摩则在陈定山家颓然伤怀。陈定山的夫人也吸食鸦片，徐志摩怨愤之下很想尝试一下鸦片是什么滋味，但拿起烟枪，闻到那呛人的味道，陆小曼的眉目瞬间浮现在他的眼前，让他顿时失去了所有力气。

他终究不知道吸食鸦片到底是什么滋味，也说不清自己心里到底是什么滋味。

徐志摩还是回家了，但等待他的不是陆小曼，而是书桌上那封伤人的信。

纸上字字句句，无一不在指责，指责徐志摩的虚情假意，指责他自私，指责他心里只记挂着身在北京的林徽因。

徐志摩柔软敏感的心，就这样被揉碎了。最亲爱的人，却伤他最深，因为他对她毫无防备，因为他们彼此了解，了解对方的软弱和痛处。

这一次，徐志摩真的无法承受了，他只换了一条裤子，便拿起箱子匆匆走出家门。他逃走了，为了掩藏自己的心碎。无论逃去哪里，他都不想再留在陆小曼身边。

徐志摩走后，陆小曼又后悔了。徐志摩对她的呵护甚至是纵容，历历在目，她怎能质疑他的爱呢？她提起笔，开始向他道歉。

> 前天晚上我亦不知怎样写的那封信，我真是没有心的人了，我心里为难，我亦不管你受得受不得我，我糊里糊涂地写了那封信！我这才后悔呢！还来得及么？你骂我亦好，怨我亦该，我没有再说话的权了……我现在已经拿回那信了，你饶我吧！忘了那封被一时情感激出来的满无诚意的信吧！实在是因为我那天晚上叫娘哭得我心灰意冷的……

回想之前的日子，陆小曼自己也不明白，她为何有那么多的怨，但她实实在在地感受到自己的心在变冷，冷得仿佛死灰一般。

她对任何事都不抱希望，只想每天将时间随意打发掉，再用沉眠迎来新的一天。她仿佛回到了与徐志摩相识的最初，浑浑噩噩地麻醉了自己的本性。

直到看着徐志摩头也不回地离开家，再一次离开她，陆小曼才明白，自己的心灰意冷，自己的怨气横生，是因为爱。

因为爱，所以无法接受他的离开；因为爱，所以无法熬过分离的时光；因为爱，所以无法容忍他内心可能出现的任何一个人。是爱，让一切不如意轻易变成了恨。

她忽然记起那些被骄傲掩埋的深深的爱意，她知道徐志摩从不会怪她怨她，正因为如此，她才感到更加难过，不为自己，而是为了爱着她的、对她百般忍让的亲爱的摩。

无论发生什么事，徐志摩依旧是最爱她的人，只要她要，只要他有，便可以将一切都给她，陆小曼从不会怀疑，徐志摩会一次次原谅她。

但这一次，即便他想原谅，也没有机会了。陆小曼那封恳切又悔恨的信，徐志摩不曾看到，留在记忆中的，只有陆小曼对他的怨。

11 月 18 日那一天，离家后的徐志摩无处可去，便提前赶往南京，住在距离机场稍近的何竞武家，打算乘坐 19 日的飞机回北京。

徐志摩原本打算乘坐张学良的飞机回北京，但因为同行的顾维钧有事不能回去，徐志摩便决定乘坐 19 日上午 8 点的"济南号"邮政飞机北上。

临行前的晚上，徐志摩再次去探望张歆海与韩湘眉夫妇。那天的他很狼狈，穿一条又短又小的西裤，腰间还破了一个窟窿，腰带也不知道去了哪里。见大家笑他，徐志摩自我解嘲地说，那裤子是临行前仓促中随便穿上的，但大家都知道，他活得狼狈而心酸。

破旧的裤子，碎掉的眼镜，怀着痛苦与绝望，徐志摩终于忍不住将这些年来的不愉快讲给朋友听。

韩湘眉担心他第二天会出事，徐志摩笑着说没有关系，他一定要飞。她又问问他陆小曼是否担心，徐志摩笑得惨然。因为陆小曼曾经多次劝他不要坐飞机，甚至在争吵中告诉他，若是他坐飞机死了，她就去做风流寡妇。

明知道陆小曼口无遮拦，说的都是气话，但想要不心痛，徐志摩却做不到。不仅因为他有着诗人的敏感，更因为那是他最爱的人。

若他能看到陆小曼追悔莫及的信，他依旧会温柔地安慰她、告诉她放宽心，他们依旧是世间最相爱的一对夫妻。他知道她相信他，就像他相信她一样。

可惜的是，这最后的一封信，徐志摩注定无法看到了。

一路向北

没有人知道，哪一次的再见便是再也不见。一期一会之所以有着残忍的美丽，恰是因为难以预料的变数，让每一次的见面，都可能是此生的最后一次。

11 月 19 日，徐志摩按期启程。临行前，他还给林徽因发出一封电报，说自己下午 3 点准时到达南苑机场，要梁思成开车去接他。

10 点 10 分时，飞机在徐州降落，徐志摩在机场给陆小曼发电报，说自己头很痛，不想再飞……

如果他那天选择留在徐州机场，后来他就不会发生事故，后来的故事，也将完全不一样。但他最终还是选择继续北飞。

徐志摩是向往飞行的，他渴望离开地面的自由，渴望摆脱一切束缚，飞向云端，在天空中漂浮着回看地球。

"济南号"飞机离开徐州后，经山东境内飞往北京。飞机上除了邮件，只有徐志摩一名乘客。当天下午 2 时，飞机飞经党家庄一带时，忽然大雾弥漫。为了寻找航线，飞机降低了飞行高度，却误撞山顶。随着机油溢出，机身瞬间起火坠落。

那一天，在徐志摩与陆小曼家的客堂中，徐志摩的一张照片连着相框一起掉在地上，玻璃碎成一片片，散落在他的照片上，触目惊心。陆小曼看了只觉得一阵惶恐，回想起徐志摩离开之前的争吵，她更是悔恨不已。

那一天，梁思成按照约定时间赶到南苑机场，一直等到下午4点半，飞机却还是没有到。他去追问原因，航空公司也只是说济南上空有雾，可能延误了。直到梁思成回到家，才接到胡适的电话，得知济南附近有一架飞机失事。

那一天，林徽因在小礼堂的演讲，徐志摩自然也没能到场。他失联了。

11月20日，《晨报》上刊登了坠机消息。赠给徐志摩免费机票的南京航空公司财务主任保君健亲自登门，第一时间将这个噩耗通知陆小曼。

陆小曼崩溃了，她不能接受徐志摩离她而去的事实。于是，她将保君健拒之门外，她什么都不要听，仿佛只要不听不知道，徐志摩便依旧还在世上，还在北京，不断呼唤着她，要她速速北上，陪在他的身边。

一个人活着的时候总有很多事需要处理，一个人去世后，有很多事需要他人处理。

此时的陆小曼，已经没有能力为徐志摩操办后事。无奈之下，保君健只能去找张幼仪。虽然她只是徐志摩的前妻，但她与徐志摩的父亲和儿子一起生活，依旧算是徐家人。

与陆小曼的悲痛欲绝不同，张幼仪冷静地担起了为徐志摩处理后事的责任。她将徐志摩遇难的消息瞒着徐申如，只说坠机受伤，之后她让自己的八弟陪着13岁的徐积锴前往山东认领徐志摩的尸体。

就算陆小曼不愿接受，徐志摩的死讯还是得到了证实。在巨大的悲痛和刺激下，陆小曼直接昏厥过去。被人唤醒后，她更是悲痛万状，号啕大哭起来。

接下来的时光里，她仿佛失了魂魄一般，恍恍惚惚，无知无觉。她心里是痛的，却又感到麻木，仿佛痛的不是自己的心，因为她觉得自己已经没有心。

她失去了徐志摩，失去了她此生的依靠。那个世间最爱她最懂她的人，从此一路向北，再不会回头，再也不会温柔地向她张开双臂，等待她的拥抱，不会再伸出手，盼望她将自己的手放入他的掌心，任他牵着她走向北方，走向更高远的梦想之地。

陆小曼害怕了，她不知道自己将要如何面对注定孤独的未来，不知道自己要如何度过没有徐志摩的灰暗人生。

陆小曼后悔了，她不应该与徐志摩发生争吵，不该让他们最后的回忆停留在两人的不欢而散中。

她想说的那些抱歉，他再也听不到。回想徐志摩在上海的短短几日，他们好好地相处了吗？好好地交谈了吗？她那颗爱着他的心，可曾贴近他疲惫不堪的灵魂？

曾记否，一双红烛，执笔同心；怎料得，一个转身，竟成诀别。

正如他在《想飞》中写下的那样："硼的一声炸响——炸碎了我在飞行中的幻想，青天里平添了几堆破碎的浮云。"

徐志摩飞走了，像一只鸟消失在天际，像一片雪花融化在晴空。陆小曼的世界，从此失去了所有颜色。

众矢之的

徐志摩的死，让无数人心痛不已。

他遇难的当夜下起蒙蒙细雨，因此，救援人员先将他的遗体抬到附近的铁路桥洞中；20日又移到济南近郊的福缘庵暂时停放，并进行了装殓。

虽然张幼仪得知消息后立刻让儿子出发，但上海到山东路途遥遥，最早赶到济南的人，是当时在青岛大学任教的沈从文等朋友。

无论是在文学上还是在生活上，热心的徐志摩都数次帮助过沈从文。21日下午，当沈从文得知徐志摩遇难的消息后，便提出要连夜乘火车赶往济南，一同得到消息的闻一多、梁实秋也与他一起出发。

22日上午，梁思成、金岳霖、张奚若也从北京赶来，与沈从文、闻一多、梁实秋等人会合，一起前往福缘庵吊唁。

那天下着雨，满地泥浆，黏稠得像化不开的悲痛。梁思成带来他与林徽因一起用铁树叶编成的花圈，样式宛若古希腊雕刻，他们将那充满西洋风格的花圈安置在棺盖上，缅怀这位挚友。

徐志摩的致命伤在头部，但据检查尸体的人说，他的手指四周被划伤，指甲里满是污垢血肉，应该是坠机时挣扎过的。没人知道在生命的最后一刻他想到了什么，他不会再告诉人们一个字，也不会再写下一句诗。

22日下午5点，徐志摩的长子徐积锴终于赶到济南。晚上8点多，众人将徐志摩的灵柩装上敞篷车，运回上海，由万国殡仪馆重新入殓，并在静安寺设奠。

那是一场盛大的告别。

60岁的徐申如老泪纵横，这一年里他接连失去了自己相伴一生的妻子和唯一的儿子。

文坛从此陨落了一颗闪耀的大星，胡适将悲痛写进日记，并为挚友写下《追悼志摩》；赵元任从《大公报》上剪下那则消息贴在日记中，为徐志摩无法听到《海韵》的谱曲演出而惋惜。

蔡元培送来诗意的挽联："谈话是诗，举动是诗，毕生行径都是诗，诗的意味渗透了，随遇自有乐土；乘船可死，驱车可死，斗室坐卧也可死，死于飞机偶然者，不必视为畏途。"

周作人、梁实秋、沈从文纷纷为其发声，就连一度与徐志摩笔墨相斗的鲁迅也从《时报》上剪下这次空难事件的报道留作纪念。

徐志摩的朋友中唯独闻一多没有写什么。当有人问起，他只说："志摩一生，全是浪漫的故事，这文章，怎么个做法呢？"

林徽因不仅为徐志摩的后事和公祭奔忙，还写下追怀徐志摩的诗歌《别丢掉》。当梁思成前往济南查看事故现场时，她特别请求梁思成为她带回一块飞机残骸，而这块残骸，一直挂在梁家的起居室中，直到林徽因逝世。

但这一切陆小曼都没有参与。得知徐志摩遇难，她哭得耗尽所有力量。当事故发生的第二天，郁达夫夫妇去探望她时，见她身着丧服，疲惫而悲伤地半躺在长沙发上，蓬头散发，一夜间老去了。

仿佛被人掏去了灵魂，那时的陆小曼目光游离，神情呆滞，直到即将为徐志摩举行公祭，她才慢慢接受这个残酷的现实，相信徐志摩是真的弃她而去了。

徐志摩的后事不是她主持的，虽然她才是徐志摩的未亡人。

在殡仪馆见到徐志摩的遗体后，陆小曼找来张幼仪，提出要将徐志摩身上的中式寿衣换成西装，棺材也换成西式的，因为徐志摩生前喜欢那样穿，却毫无悬念地被张幼仪拒绝了。

因为徐志摩的遗体已经不适合再来回搬动，就连眼下平静安详的模样，也是殡仪馆的工作人员费尽力气才处理妥善的。

对陆小曼，张幼仪是责怪的。当初，她支持徐志摩与陆小曼结婚，是为了让徐志摩从此过上梦想中的幸福生活，却没想到最终会走到这一步。事后再回忆起来，张幼仪不禁感叹："打从那时候起，我再也不相信徐志摩和陆小曼之间共有的那种爱情了。"

可是，那爱情是存在的。它燃烧了两个人、两颗心，也将一切烧成灰烬。冷风吹过，只剩炽热的回忆，久久不去。

1931 年 12 月 6 日，北京大学为徐志摩举行了追悼会，除了到场祭奠的各界名流，各大报刊也发文悼念。

可是，这些都与陆小曼无关，她只能独自感受到自己的悲哀。

徐志摩的很多朋友都不肯原谅陆小曼，比如何竞武、胡适、金岳霖、林徽因。他们知道，徐志摩的遇难是一场意外，可是，如果不是因为陆小曼，这场意外是否就不会发生？

因为，如果陆小曼同意北上，徐志摩就不会在南北往返的途中遇难；如果不是陆小曼挥霍无度，徐志摩根本不需要两地奔波，更不需要为了省钱选择乘坐危险的免票飞机。

徐志摩不在了，陆小曼也因此成为众矢之的。人们说，正是她害死了徐志摩，可是，失去了徐志摩，这世间还有谁能比陆小曼更加悲痛？

面对指责与怪罪，陆小曼的内心没有丝毫波澜。因为对她来说，再没有什么比徐志摩的死更让她心痛。如果她的心中曾经有一片海洋，那么如今，只剩下一片荒芜的戈壁，没有颜色，没有生气，只有无边无际的寂寥。

早已来不及

五载哀欢

悄悄地他走了，挥一挥衣袖，没有带走一片云彩。从此，爱妻变成未亡人，守着回忆，不知向何处寻一丝温暖。

1932 年春天，徐志摩的追悼会在家乡召开，众人纷纷前往祭奠。恨透了陆小曼的徐申如，拒绝她参加这次追悼会。陆小曼只能写下哀婉凄绝的挽联送回硖石，是哀悼，更是她的决心。

多少前尘成噩梦，五载哀欢，匆匆永诀，天道复奚论，欲死未能因母老；万千别恨向谁言，一身愁病，缈缈离魂，人间应不久，遗文编就答君心。

最后的岁月里，徐志摩穷困潦倒，离家北上时携带的行李更是在大火中烧尽，只留下陆小曼的那幅山水画，因为放在铁匣中精心保存，幸运地逃过一劫。

那幅画是 1931 年春天陆小曼的临摹作品。徐志摩总随身携带着它，向朋友展示，要朋友们为这幅画题词。

这是他留给陆小曼唯一的遗物，却仿佛一柄尖刀刺在陆小曼心上。

她忽然记起曾经读过的《面纱》，那是 1925 年的 6 月，当时的她还在日记中这样写着："看得我心酸到万分。虽然我知道我也许不会像书里的女人那样惨的。书中的主角是为了爱，从千辛万苦中奋斗，才达到了目的。可是欢聚了没有多少日子，男的就死了，留下她孤单单地跟着老父苦度残年。摩！你想人间真有那样残忍的事么……想起你更叫我发抖，但愿不幸的事不要寻到我们头上来。"

不幸就这样降临到他们头上。婚后五年，陆小曼的病痛让徐志摩失去了安逸的生活，更失去了诗意，他们难得过上一天理想中的生活，只在一起挨过了愁闷的时光。

即便如此，徐志摩从未有过怨恨，只要她稍微不适，徐志摩总会声声慰问，可是现在，她再也听不到那样暖心的问候了。曾经的安慰与怜惜，都跟着徐志摩一起离开，直到此时，陆小曼才猛然惊醒。

　　我本来一百个放心，以为有你永久在我身边，还怕将来没有一个成功么？谁知现在我只得独自奋斗，再不能得你一些相助了，可是我若能单独撞出一条光明的大路也不负你爱我的心了，愿你的灵魂在冥冥中给我一点勇气，让我在这生命的道上不感受到孤立的恐慌。

她后悔自己醒悟发奋得太迟，迟到徐志摩再也没有办法看到，但她依旧决心要好好地生活下去。从此不再睁着眼睛做梦，躺在床上自暴自弃，她要活成徐志摩一直盼望的样子。

我决心做人，我决心做一点认真的事业，虽然我头顶只见乌雪，地下满是黑影，可是我还记得你常说"受苦的人没有悲观的权利"。

陆小曼的心麻木了，徐志摩带走了她的爱和灵魂，她很想追随他而去，一同在高空中漫步，但她实在不忍心扔下年迈的母亲。她只能留在尘世，认真地奋斗。

五载光阴，对于人的一生来说，总嫌太短，可是对于徐志摩来说，却是短暂人生中重要的阶段。那五年间，他有了自己的爱人，他为了自己的事业奋斗，为了他们的家庭奔波。

可是他走了，留下陆小曼在回忆中徘徊，她拥有的很少，只有那五年的回忆温暖和支撑着其后的岁月。

曾经那个笑颜娇俏的女人不见了，名媛陆小曼，跟随着诗人徐志摩一起消失在世人眼中。

她闭门不出，读书写字，钻研绘画，谢绝了一切阔气的宾客；她再也不去舞厅跳舞，总是一身素服，衣服上没有红色，因为他曾说，他爱她朴素，不爱她奢华。

她将徐志摩的大幅遗像挂在卧室里，遗像前总摆着鲜花。她盼望徐志摩也能像那鲜花一样，永远热烈灿烂，哪怕只是在她的心底、在她的回忆里。

若是徐志摩能看到这样的陆小曼，他该多么高兴，又该用多么欣慰的心情赞扬她。他会声声地唤她作甜甜的眉、他的小曼，夸奖她终于有了志气，为她骄傲，以她为荣，因为他曾说过，她是他一生的成绩。

带着回忆中五载的哀欢，陆小曼走向荆棘丛生的前路，去实现一个还未开始便早已来不及的承诺。

余年何待

没有人知道，在未来的路上会与谁相遇、与谁重逢，却总能记得，曾经走过的路有谁陪伴。因为他来过，从此她的余年再无人可待。

失去了徐志摩，陆小曼不仅失去了爱人，也失去了经济支柱。此时的她身无分文，还有许多债务，徐志摩在世时她毫无节制地挥霍，如今突然没了经济来源，她的生活变得相当艰难。

陆家曾经家财雄厚，但随着北洋政府倒台和军阀之间的混战，陆家迁往上海后便大不如前。1930年，陆定去世前将财产分成三部分，一部分捐给革命事业，一小部分给遗孀吴曼华，其余的都留给了陆小曼。

那原本是一笔不小的财产，但陆小曼既没有固定收入，又没有忧患意识，不懂理财的她坐吃山空，很快便将遗产挥霍一空。

徐家的产业自然还在。遥想当初，徐申如曾经向新婚的徐志摩提出让陆小曼帮自己打理生意，可惜的是陆小曼既没有那样的能力，更没有那样的兴趣。所以后来，徐家的产业一直是张幼仪负责管理。

曾经分家时约定给徐志摩的那三分之一的家产份额，也因为陆小曼的挥霍和家庭关系的不断恶化，再无人提起。如今徐志摩已经不在，徐家更不可能再顾及陆小曼的生计。

徐志摩离世后，陆小曼要独自面对债务，没有人替她考虑之后的生计问题，甚至许多人认为她是咎由自取。

就在她承受着痛失爱人与众人的谩骂时，却收到了王赓的来信。

与陆小曼离婚之后，王赓先后担任炮兵司令、装甲车司令等职务，数年来他埋首公务，推掉了所有的提亲和介绍。

当徐志摩的丧事过去了一段时间，王赓向陆小曼提出复婚的想法。看着信中恳切的言语和诚挚的安慰与鼓励，陆小曼感慨不已。当她身处窘境时，那个曾经被她无情抛弃的男人，依旧愿意站在她的身边，体贴她，照顾她。

可是，陆小曼又怎会为了生计再嫁他人？哪怕是复婚也不可能。徐志摩教会了她什么是爱，什么是真正的自由。对爱的信念与坚守，让她不可能再接受任何一个人。

她认真地回绝了王赓，并向他道谢，祝他余生幸福。王赓没有再写信，只是让人给陆小曼送了一些食物和钱财，带话给她说不用再回信了。这个曾经放手成全她爱情的男人，再一次用自己的行动，关心着陆小曼。

1932年，"一·二八"事变爆发，担任税警总团总团长的王赓驻守上海，参加淞沪会战。2月27日，王赓脱离战场，在公共租界被日军抓获。

据说，他随身携带的军用皮包中有重要的军事地图。虽然经过他国斡旋，王赓最终被放出，但他还是因为"擅离戒严地点，漏泄军机"的罪名被军事法庭判处2年6个月的有期徒刑。

有人说，王赓擅自离开阵地，是因为想前往租界探望病中寡居的陆小曼。

这两年半的监狱生活，让王赓染上重病。1942 年，王赓跟随军事代表团前往华盛顿时，在埃及开罗突发重病，孤独离世。

也许他到死都不曾忘记陆小曼——那个让无数男人为之倾倒的女人，那个他曾经的妻子——他仍然记得她像最美的婉转娇莺一般耀眼，但走过残酷的时间河流，陆小曼早已褪去了曾经的颜色。

徐志摩去世后，他的朋友们本想设立一个"徐志摩纪念奖金"，鼓励年轻人努力研习诗文，但随着时局越发动荡，新月社越发难以支撑下去，最终离散，奖金的设立也未能施行。

徐志摩去世一年之后的清明，陆小曼回硖石为他扫墓。

那是陆小曼第五次也是最后一次来到硖石，他们曾经的"香巢"仍在，陆小曼却无法回去重温过往。

墓前人迹无踪，只有杂草相伴，陆小曼见状悲伤不已。回到上海后，她写下一首凄凉的悼亡诗："断肠人琴感未消，此心久已寄云峤；来年更识荒寒味，写到湖山总寂寥。"

他们没有孩子，徐志摩离世后，陆小曼几乎众叛亲离，陪伴她的只有孤单和悔恨，但她却时常想起他们曾经的快乐。

烈火与柔棉的相遇，何止风花雪月，更是炙热忘我，即便被后来的柴米油盐侵蚀，也依旧是一段最好的时光。他们的快乐无以言说，仿佛进入了天国，踏入了乐园，让这平凡的人生有了色彩，让那贫瘠的余生多了回味。

他是亲人

陆小曼的世界冷清下来，曾经众人追捧的名媛，如今选择与寂寞为伴。

之前，生活上有任何困难，她都能推给徐志摩去承担，如今她再无依靠。徐志摩去世后，陆小曼振作精神，想找到挣钱的办法。

一两个月的时间转眼过去，她依旧没有任何收入，好不容易振作起来的精神再次萎靡下去，几乎日日与鸦片为伴。

因为她"害死了徐志摩"，再没有人愿意帮她。陆小曼求助无门，逐渐也变得消沉、灰心起来。最终，胡适站了出来，他担心陆小曼的生活一直没有着落，她会真的像曾经那句玩笑话一般去做风流寡妇，若是那样，徐志摩注定名声不保。

为了让陆小曼生活有依，胡适亲自去找徐申如求情。

事关徐家名声，徐申如实在没有办法，同意每月给陆小曼 300 元作为生活费，但为了限制陆小曼的花销，徐申如要求陆小曼必须每月 20 日取钱，禁止提前领取。

在当时，300 元已经超过了大学教授的月薪，维持日常生活足矣。但陆小曼不仅没能戒掉鸦片，失去徐志摩的痛苦，让她沉浸在烟瘾中越发难以自拔。也许只有神游云虚的时候，她才能再一次听见徐志摩为她吟诵爱的诗句。

陆小曼的身边一直有翁瑞午的陪伴，这让曾经的流言再次喧嚣起来。

翁瑞午有一位旧式妻子，还有五个孩子，却长期守在陆小曼身边。随着徐志摩的逝去，再没有人为陆小曼辩白，人们纷纷传言，说陆小曼与翁瑞午同居了。

面对外界的议论，她从不发声澄清，仿佛活在世人的目光之外。

何竞武来劝，郁达夫来劝，让陆小曼离开翁瑞午，为了徐志摩的名誉，也为了她自己的名誉，陆小曼始终不肯。就连胡适写信威胁要和她断绝来往，她犹豫之后依旧没有同意。

她是徐志摩的寡妻，却依旧有交朋友的权利。哪怕在他人口中再不堪，她也一意孤行。

徐志摩在时，对于她和翁瑞午之间的来往也能理解，并为他们辩解。徐志摩能理解自己，陆小曼又怎会在乎他人目光和外界浮言？她只无愧于己，无愧于心，无愧于徐志摩。

徐志摩去世 7 年后，徐申如因为无法容忍陆小曼与翁瑞午的关系，对其停止了经济上的供养。后来的日子，陆小曼一直依靠翁瑞午生活。

1944 年，徐申如去世，陆小曼没有参加葬礼，自然也没有参加遗产的分配，但是，张幼仪依旧给陆小曼汇钱，因为在她看来，徐积锴有义务在父亲去世后供养陆小曼。

后来，张幼仪跟随家人前往香港，陆小曼再无经济来源，是翁瑞午让她"黑白无缺"，他不惜变卖家产和藏品，支撑陆小曼庞大的开销，从鸦片到日常生活的一切所需。

陆小曼将翁瑞午视作世间唯一的亲人，她不许他抛弃结发妻子，在翁瑞午贫病交加时依旧与他相扶相伴，甚至帮翁瑞午抚养他的私生女。

后来的陆小曼，因为常年吸食鸦片，牙齿全部脱落，更是虚弱到常年卧床，再不似当年风华，翁瑞午却依旧如故，细心照料。在物资匮乏的年代，他将自己能得到的所有好东西都给了陆小曼，无论是烟、肉还是朋友从香港寄来的副食。

直到 1961 年病逝前几日，翁瑞午还请求赵清阁和赵家璧帮忙照顾陆小曼。那时的陆小曼已经住在翁家，她后来的生活，也由翁瑞午的女儿照料。

在陆小曼填写的表格上，"家庭人员情况"那一栏，工工整整地写着翁瑞午的名字。

这个男人，比徐志摩陪伴陆小曼的时间还要长，他见证了徐志摩为爱人辛苦奔波的过往，见证了徐志摩与陆小曼在上海的生活，也见证着陆小曼的悲伤与蜕变。

他成为陆小曼珍视的亲人，成为彼此最后的依靠。

愿你从未离开

素色余年

江山易改，本性难移。如果一个人有着忠厚、纯良的本性，那么一切习惯都可以改变，虽然积习难改，却抵不过撕心裂肺的痛苦。

上海的繁华，不会因为一个人的离去而黯淡，外面依旧是灯影摇曳，杯盘剔透，但曾经怎么也推不掉邀约的陆小曼，却再没出现在这些场合。

十年的习惯，贯穿了她最耀眼的年华，却也因为这炫目，让她终究没能跟上徐志摩的脚步。她不需要克制自己、强迫自己不去玩乐，她只要一想到徐志摩，一想到她曾因为耽于玩乐浪费掉的时间和期望，她便只想隐入素色的衣裙中，无声忏悔。

过去的时间是再也追不回了，没有了徐志摩，她没了未来，却还有余生。如果耗尽余生心力，能偿还一二，如果能努力活成徐志摩希望看到的陆小曼，也不枉深爱那一场。

胡适曾称赞陆小曼，说她是"北京城一道不可不看的风景"。因为单纯，她显得格外生动，因为鲜活，她显得格外迷人。但这样一幅会动的风景，永远定格在1931年的初冬。

年近三十时，陆小曼终于长大了。从那时她开始努力了。

陆小曼请来贺天健先生教她绘画，汪伯星先生教她作诗。她原本就有绘画天分，日日练习，几个月下来便大有进步，徐志摩曾经苦口婆心地劝说，到此时终于应验了。

病弱的身体让陆小曼随时都承受着生不如死的痛苦，只有每天吸完鸦片之后，她的身体和精神才会好一些。即便如此，她总是比常人用更多的时间练习，画不好便一次又一次地尝试，她不再是交际场上翩然的蝴蝶，而是勤奋的学生。

画艺提升后，陆小曼与几位前辈一起举办了一次扇子展览。卖出了一些扇子，陆小曼欣慰不已，她从未想过，自己竟然真的能在绘画上闯出一条路来。

曾经担任过陆小曼绘画老师的现代画家、美术教育家刘海粟就曾毫不吝啬地称赞她。

她的古文基础很好，写旧诗的绝句，清新俏丽，颇有明清诗的特色；写文章，蕴藉婉转，很美，又无雕琢之气；她的工笔花卉和淡墨山水，颇见宋人院本的传统；而她写的新体小说，则诙谐直率……

徐志摩曾对她日日劝夜夜盼，因为他最懂得她，因为他知道，她明明可以成为无比优秀的人，明明可以有更积极向上的人生，甚至，明明可以拥有更幸福美满的结局。

1941 年，陆小曼开了个人画展，受到了广泛的好评，画展上的 100 多幅画，全是她的努力成果。

她终于像徐志摩期待的那样"勇猛地上进"，让那些"浅薄的恶俗势力的'一般人'开着眼惊讶，闭着眼惭愧"。在失去了他的陪伴与宠爱后，陆小曼慢慢地、一步一步地实现了他的期望。

1949 年和 1955 年，她的作品曾两次入选全国美术展。1956 年，时任上海市市长的陈毅看到陆小曼的画，将她安排到上海文史馆做馆员。从此，陆小曼有了工作，每月有几十块的工资，作为特别照顾，她获得了香烟的配给。那一年，她加入了农工民主党，成为徐汇区文艺支部委员。

年过半百的她撑起病弱的身体，戒掉了鸦片，从事绘画和翻译工作。两年后，她加入上海美术家协会，正式成为上海中国画院的专职画师。

走出重重家门，走入新时代的社会活动中，陆小曼与绘画相伴终生。1959年，她被全国美协评为"三八红旗手"。

她的晚年充实而沉寂。休息时，她爱看《红楼梦》，似乎她的一生也像大梦一场，从繁华到黑暗，最终噩梦散去，云清风止。

在暗淡的年华中，她唯一感到安慰的，是她终究没有辜负徐志摩的期望。遗像上的他，看到这一切了吗？翱翔天上的他，会为她骄傲吗？

如果一个人的离世，只是形体的灭亡，那么只要念念不忘，她的摩是不是就能一直活在她心中？

他会在最亲密的地方，伴随着她的呼吸，听她最后的心跳，宣告在这世上她是谁的，她最爱的是谁，陪伴她走向寂静的红尘深处，在素色的余生中，朝夕相伴。

遗文编就

陆小曼有两支笔，一支画笔，一支文笔。

她不如徐志摩那般诗情横溢，却并非没有才情。在徐志摩身边数年，怀念徐志摩半生，她的一支文笔中，早已凝聚了徐志摩的影子。

她偶尔会写或是翻译文章。也许每一次的伏案，都会让她无法避免地想起从前，想起那些与徐志摩相伴读书的日子，想起她倚靠在梳妆台前和他讨论剧本的甜蜜时光。

徐志摩遇难后，他的学生赵家璧决定尽快将老师生前给他的遗作《秋》送到读者手中，作为对恩师的奠祭。他特意写下充满感情的散文《写给飞去了的志摩》，与《秋》合为《一角丛书》中的一册，在1932年出版。

出版之前，由于《秋》的首页需要徐志摩的照片，赵家璧前去拜访陆小曼。也是在这时，陆小曼提出她还有徐志摩的其他遗稿、日记和书信，赵家璧便建议陆小曼为徐志摩出版一套全集，陆小曼同意了。

爱是自私的，自私到想要完全占有一个人，完全地占有心与身体、思想与灵魂，但爱又是无私的，无私到能为了爱人改变所有，承受所有。

出版徐志摩的全集，是陆小曼唯一的心愿。

这些年来，每天缠绕在我心头的，只是这件事。几次重病中，我老是希望快点好——我要活，我只是希望死前能再看到他的作品出版，可以永远地在世界上流传下去……这是他一生的心血，他的灵魂，绝不能让它永远泯灭！我怀着这个愿望活着，每天在盼望它的复活。

勤奋的她褪尽铅华，在朴素的余生中，除了绘画，就是为徐志摩整理、编辑和出版遗稿。这成为她人生唯一的意义，让她耗尽了全力。

陆小曼能找到的文字并不多。1928年，徐志摩出国时寄回的近百封信，由于她的负气和疏忽早已散佚无踪，只有《爱眉小札》和徐志摩的日记还在。

因为没有钱，陆小曼卖掉了《爱眉小札》的版权，但她还是想尽办法多方搜集原稿，为徐志摩编辑文集。

徐志摩对朋友总是一腔热忱。他的朋友很多，书信来往频繁，但这些朋友爱徐志摩，他们将他的死归咎于陆小曼的挥霍，因此大多与她断了联络，更不肯支持她编写全集。

于是，陆小曼写信向胡适求助，想让他出面帮自己收集书信。

1928年，徐志摩前往欧洲之前，曾将自己的部分日记和书信装在一个箱子里，请求形同知己的凌叔华代为保管。

装在箱子里的是徐志摩在英国时的日记和信件，其中的内容大多与林徽因有关。徐志摩觉得放在家里并不合适。当徐志摩周游归来，凌叔华提出归还箱子，徐志摩却依旧请她代为保管，直到最后。

徐志摩遇难后，林徽因曾多次向凌叔华讨要那个箱子，凌叔华却认为这是徐志摩的遗物，应当交给陆小曼。最后，林徽因只得找到胡适，请他出面要出了箱子。

　　远在上海的陆小曼得知后，希望胡适能将徐志摩的这部分遗稿还给她，但几次询问都没有结果，陆小曼决定自己收集。

　　那段时间，她与徐志摩的学生赵家璧一起翻阅徐志摩的著作、日记，并向图书馆和收藏家借阅曾经的国内外期刊，海中寻珠一般查找徐志摩的零星文章。

　　到 1935 年 10 月，陆小曼编好的稿子已有 10 卷，但原本应当极为丰富的书信却不多，只有四人为陆小曼提供了徐志摩的信。

　　不管困难重重，稿子还是在陆小曼的不懈努力下编好了。她与赵家璧商定，由赵家璧所在的良友图书印刷公司负责出版这套《志摩全集》。

　　陆小曼在给徐志摩表妹夫陈从周的信中满怀希望地写道："志摩日记及书函正在抄写中，只因信件太多，一时乱得无从理起，现在我才将散文、诗集等编好，再有几天就要动手编书信了……《志摩全集》大约三月中能出版了，到时一定送一份给先生看，只是我头一次编书，有不对的地方还望你们大家指教才好。

1936 年 10 月，胡适听说此事后，提出《志摩全集》放在良友图书印刷公司出版并不合适，他建议陆小曼将稿子交由商务印书馆出版。

徐志摩是名人，他的遗作由商务印书馆这样的大出版社制作自然是好事。而良友是一家小公司，不能与商务印书馆相比，更何况商务印书馆的预支版税就有 2000 元，这对经济困难的陆小曼来说有着很大的诱惑。

权衡之下，陆小曼选择了商务印书馆。在向赵家璧解释之后，陆小曼与商务印书馆签了合同，并寄走了全部稿子。

波折重重

历史的阴云，不会放过任何人。无论多美好的愿望，在历史的车轮前都如螳臂当车，是那样的不堪一击。

在商务印书馆，《志摩全集》的稿件按照出版流程，缓慢地加工着，转眼便到了 1937 年。

在东北建立伪满政府已经不足以满足日本侵略者的野心。1937 年 7 月 7 日，随着"卢沟桥事变"的爆发，全面抗战拉开序幕，华北燃起熊熊战火。

很快，上海的局势也紧张起来，不过一个多月的时间，"八·一三"战争在上海爆发，此时《志摩全集》的出版工作正好进入校对阶段。

陆小曼的身体依旧是那么虚弱，战乱中，她连着病了几个月。当她重新恢复精神，再去询问进度时，得知上海商务印书馆即将迁走，搬家的纷乱中根本无暇考虑出书的事，只在口头上答应她，等安定下来后再出书。

战争持续了一年又一年，日军侵略上海，唯有租界成为暂且安稳的孤岛，许多人逃往香港、澳门，逃向台湾，甚至是海外。

陆小曼没有走，她困守上海，一年年地等待战乱过去，等待商务印书馆的消息。

终于熬到抗战结束，生活和生产逐渐恢复，上海商务印书馆也迁了回来。陆小曼急不可待地赶去询问《志摩全集》的消息，问了很多人都说不知道。

原来，在战争中商务印书馆匆忙撤退，一路上从香港辗转到重庆。抗战时期所有人都忙着出版抗战刊物，没人想起这部书稿。至于稿子的下落，有人说也许在香港，有人说可能在重庆。总之，被陆小曼视为生命的爱人遗稿，在这场残酷的战争中遗失了。

得到这个消息的陆小曼大受打击。

我怀着一颗沉重的心回到家里，前途一片渺茫，志摩的全集初度投入了厄运，我的心情也从此浸入了忧愁中。除了与病魔为伴，就是整天在烟云中过着暗灰色的生活。

1946 年，赵家璧再次去看望陆小曼，此时他正在主持晨光图书公司。陆小曼见到赵家璧不禁悲从中来，她为《志摩全集》的夭折悔恨不已。虽然他们都知道，战争中的愿望总是容易破灭，但陆小曼依旧为此灰心不已。

在赵家璧的鼓励和建议下，陆小曼重新整理了徐志摩仅存的遗稿。

1947 年 3 月，晨光图书出版公司出版了《志摩日记》。其中收录了徐志摩写于 1918 年的《西湖记》，写于 1926 年至 1927 年的《眉轩琐语》，以及徐志摩亲笔题名的《一本没有颜色的书》，还包括已经出版的《爱眉小札》和《小曼日记》五部分。

在《志摩日记》的序中陆小曼这样写着："我决心要把志摩的书印出来，让更多的人记住他，认识他。这本日记的出版是我工作的开始……我预备慢慢地把志摩的东西出齐了，然后再写一本我们两人的传记，只要我能完成上述的志愿，那我一切都满足了。"

她只有这样一点愿望，说时微薄，回想起来却是漫长的一生悲喜。

沿着日记和书信中的回忆脚步，陆小曼再一次重温曾经游园戏蝶的欢乐，仿佛再一次听到徐志摩就在她身边，在她耳边轻声呢喃着动人的情话，就像他从未离开一样。

曾经连站久了都要喊累，看几页书就吵着头疼的陆小曼，埋首故纸堆，从《志摩日记》到《徐志摩诗选》，再到《志摩全集》的 8 册书稿，全由她一人整理。

多年来，陆小曼从未停止过寻找，哪怕希望渺茫，她依旧想找回徐志摩的遗稿。

1954 年春，《志摩全集》的稿子终于找到了，但因为不符合当时的出版要求，所以暂时不能出版。商务印书馆退回了书稿清样，之前预付的稿费也不再追回。

抱着失而复得的遗稿，陆小曼欣喜若狂。曾经她费尽心力四处托人寻找，都杳无音信，如今却幸运地找回了全部稿子，她相信，只要耐心等下去，就一定有机会出版。

这份书稿最终被陆小曼留给了徐志摩的表妹夫陈从周，陈从周则将它还给徐家，由徐志摩的堂嫂保管。由于稿件珍贵，陈从周原本与郑振铎联系好，打算让徐家寄往北京文学研究所保管，却因为没能及时寄出，在后来的抄家中丢掉了一册。

但其实，根据徐志摩堂侄的回忆，那十包纸样中原本就有一包不是稿件，而是陆小曼当年在上海文史馆时学习的资料。那些稿件被抄走后，检查的人刚好打开了这一包，于是没有再翻动其他稿子，而是捆扎整齐，当作学习资料直接封好保管起来。

1981 年，徐家终于拿回了《志摩全集》的纸样，跨越半个世纪的时光，经历了战争的重重波折；1983 年，这部历经坎坷的全集终于由香港商务印书馆出版。

可惜的是，曾经为其呕心沥血、四处奔走的陆小曼，再也看不见了。

因为爱你

1965 年 4 月 3 日，陆小曼在上海病逝。

晚年的她，活得平静安稳，韩湘眉从美国回来探亲时曾看望过陆小曼，提到海外的朋友很记挂她，想给她一些帮助。陆小曼感动之余，谢绝了朋友们的资助。她说："确实，新中国成立前，我过得很苦，但是解放改变了我的一切，像我这样消极悲观的人，也开始了新的生命。"

她去世时，不断唤着他，一声声的"摩"，仿佛是他来接她，就像她在《哭摩》中伴着句句哀哭写下的那样："到战胜的那一天，我盼你带着悠悠的乐声从一团彩云里脚踏莲花瓣来接我同去永久地相守，过吾们理想中的生活。"

她的心和灵魂早已追随他而去，像一朵莲花伴着他飞入白云生处，如今，她的躯壳也跟着离开了。对于陆小曼来说，这未尝不是一种胜利。

她奋力地战斗到自己生命的最后一刻，在不断战胜自己、战胜病魔的过程中取得了胜利。

徐志摩的死让陆小曼重生了一次，最后，她带着对爱人的无限思念，追随而去。

殡葬入殓时，她身上的棉袄满是破洞。赵清阁见状实在不忍，便送了陆小曼一套崭新的绸衣裤。她的灵堂上，只有友人王亦令送来的一副挽联："推心唯赤诚，人世常留遗惠在；出笔多高致，一生半累烟云中。"但这些对于陆小曼来说，已经不重要了。

年轻时，她享尽了世间浮华；中年时，她体会了阴阳两隔；到了晚年，她只想一个人静静地拥抱死亡，以这样的方式，完成与爱人的团聚。

她在人世的事全部办完了，从此随他一同化风飞去。留在故事里的，只有风声，而他们在无尽的黑暗中，永远逍遥自在地飞舞，不问因果，不问前尘。

生时同眠死同穴，是无数爱侣毕生的愿望，可怜徐志摩与陆小曼生时未能同眠，死后更未同穴。

他们之间的爱情曾经惊天动地，正如郁达夫所说："他们的一段浓情，若在进步的社会里，有理解的社会里，岂不是千古的美谈？"

可惜的是，生在那个传统的年代，他们备受指摘，举步维艰；可敬的是，生在那个传统的年代，他们勇往直前，百折不回。

徐志摩带着遗憾早早地逃离了令他灰心的世界，陆小曼却留下来，替他看尽天翻地覆，带着悔恨与忧伤，活成了志摩的小曼。

陆小曼的母亲曾说，陆小曼害死了徐志摩，而徐志摩也害死了陆小曼。

可是，他们之间又何尝不是一种彼此成就，因为有小曼，成就了辉煌浪漫的志摩，因为有徐志摩，才有了后来的陆小曼。

时间冲刷成沧桑，剩下的只有曾饱含热情写下的诗句，还有那些蘸满浓情蜜意的信笺，铭刻着他们飞蛾扑火一般的爱情，祭奠着未能携手走过的岁月。

他给她的信，总会署上甜腻的称呼，摩摩、摩吻、汝摩、你的丈夫摩、你的"愚夫"摩、你的亲摩、你的顶亲亲的摩摩、你的欢畅了的摩摩……

她是他的乖眉、眉儿，是眉眉、龙龙，是宝贝、乖囡，是眉眉我亲亲，是至亲爱的小眉，是眉我的乖，是眉我的心……

他们有着令人艳羡的浓情蜜意，在亲吻也嫌太热的暑天，却依旧是"摩摩深吻眉眉不释"。

因为，他的诗魂的滋养全要靠她。

你得抱着我的诗魂像抱亲孩子似的，他冷了你得给他穿，他饿了你得喂他食——有你的爱他就不愁饿不愁冻，有你的爱他就有命！

因为，"眉无摩不自得，摩无眉更手足不知所措也"。

因为，徐志摩爱陆小曼。

因为，陆小曼爱徐志摩。

徐志摩、陆小曼年表

1897 年

1 月 15 日，徐志摩出生于浙江省海宁县硖石镇。

1900 年

徐志摩入家塾读书。

1903 年

11 月 7 日，陆小曼出生于上海市孔家弄。

1907 年

徐志摩进入硖石镇开智学堂读书。

1908 年

陆小曼进入幼稚园。

1909 年

陆小曼跟随母亲前往北京与父亲团聚；

是年冬，徐志摩毕业于开智学堂。

1910 年

春季，徐志摩进入杭州府中学堂。

同年，陆小曼入读北京女子师范大学附属小学。

1911 年

徐志摩因杭州府中学堂在辛亥革命中停办休学。

1912 年

陆小曼入读北京女中。

1913 年

春季，徐志摩返校复学；

同年 7 月在校刊《友声》第一期上发表《论小说与社会之关系》。

1914 年

5 月，徐志摩在校刊《友声》第二期上发表《镭锭与地球之历史》。

1915 年

徐志摩考入北京大学预科；

同年秋季与张幼仪结婚；婚后经张君劢介绍转入上海浸信会学院。

1916 年

春季，徐志摩从上海浸信会学院退学；

同年秋季转入北洋大学法科预科学习。

1917 年

徐志摩因北洋大学法科并入北京大学，成为北京大学的学生。

1918 年

徐志摩的长子徐积锴出生，徐志摩经张君劢介绍拜梁启超为师，并自费前往美国留学；

9 月进入美国克拉克大学历史系学习。

同年，陆小曼入读北京圣心学堂。

1919 年

徐志摩从克拉克大学毕业，获校一等荣誉奖；

同年 9 月考入哥伦比亚大学经济系。

1920 年

9 月，徐志摩获得哥伦比亚大学经济学硕士学位，学位论文题目为《论中国的妇女地位》，之后前往英国留学；

10 月，进入伦敦大学政治学院，攻读博士学位，并与林长民与林徽因相识；

冬季，因张幼仪抵达英国，徐志摩与张幼仪搬往伦敦郊外的沙士顿居住。

同年，陆小曼被北洋政府外交总长顾维钧聘用为兼职外交翻译。

1921 年

春季，徐志摩前往剑桥大学皇家学院做特别生；

夏季，徐志摩因爱恋林徽因向张幼仪提出离婚，并在秋季回到剑桥校区学习，张幼仪前往德国。

同年，陆小曼在北京社交界声名鹊起。

1922 年

2 月，徐志摩次子徐德生（即彼得）在柏林诞生；

3 月，在吴经熊和金岳霖的见证下，徐志摩与张幼仪离婚；

春季，徐志摩由剑桥大学皇家学院特别生转为正式研究生；

7 月，会见英国女作家曼殊斐尔，受到极为深刻的影响；

8 月，徐志摩退学启程回国，在船上作散文《印度洋上的秋思》；

10 月 15 日，徐志摩抵达上海，开始从事文学交流及演讲活动。

同年，陆小曼离开圣心学堂，与王赓结婚。

1923 年

1 月，徐志摩因离婚行为遭到梁启超书信批评；

春季，徐志摩参与组建的文学团体"新月社"在北京成立。

1924 年

4 月，徐志摩代表北方文学界接待访华的泰戈尔，并全程陪同，担任翻译；

5月，徐志摩组织并参与了庆祝泰戈尔64岁生日的祝寿会，之后陪伴泰戈尔前往太原、日本东京、香港等地；

秋季，徐志摩任北京大学教授，并主持新月社事务。在参与新月社的活动中，徐志摩与陆小曼相熟，渐生情愫。

同年年底，陆小曼翻译意大利戏剧《海市蜃楼》。

1925年

年初，徐志摩与陆小曼陷入热恋。

3月，徐志摩辞去北京大学教授教职前往欧洲旅行，受聘为《现代评论》特约通讯员；

3月，徐志摩抵达柏林，得知次子徐德生刚刚夭折；

4月，徐志摩在法国漫游，之后抵达意大利佛罗伦萨，创作《翡冷翠的一夜》等诗歌；

6月，徐志摩前往巴黎；

7月，接到陆小曼生病的电报，于7月底回到北京；

8月，徐志摩开始写恋爱日记，至9月17日止；

10月，徐志摩从上海回北京，接编《晨报副刊》。

同年，陆小曼拜刘海粟为师学画，经过多方努力，年底陆小曼与王赓离婚。

1926 年

春节，徐志摩与陆小曼的婚事得到徐志摩父亲的同意，但条件极为苛刻；

8 月 14 日（七夕），徐志摩与陆小曼在北海公园举行订婚仪式；

10 月 3 日（孔子诞辰），徐志摩与陆小曼在北海公园结婚；

10 月，徐志摩与陆小曼南下，暂居上海；

11 月，二人回到硖石；

12 月，徐志摩与陆小曼为避战乱前往上海。

1927 年

徐志摩与陆小曼定居上海，与翁瑞午结识；

春季，徐志摩与胡适、闻一多等人在上海筹建并成立新月书店；

秋季，徐志摩任光华大学及东吴大学法学院教授；

12 月，徐志摩与陆小曼、翁瑞午等人在上海夏令匹克戏院同演《玉堂春》，遭到《福尔摩斯小报》的污蔑。

1928 年

春季，徐志摩主编的《新月》月刊正式创刊，徐志摩与陆小曼合著的戏剧《卞昆冈》在《新月》上连载；

陆小曼开始吸食鸦片；

夏季，徐志摩因对陆小曼生活方式不满，独自出国旅游，并在 11 月上旬回国。

1929 年

春季，徐志摩参加南京国民党政府教育部举办的第一届全国美术展览会筹备工作，并前往北京参加梁启超的悼念活动；

5 月，徐志摩与陆小曼在上海家中接待泰戈尔；

6 月，陆小曼与翁瑞午等人同游"西湖博览会"；

夏季，徐志摩辞去东吴大学、大夏大学教职；

9 月，徐志摩在南京中央大学教书，奔波于南京上海两地之间。

同年，陆小曼参与中国女子书画会成立的筹备工作。

1930 年

秋季，徐志摩辞去南京中央大学教授之职，前往北京到北京大学办校务，并去沈阳探望林徽因；

冬季，徐志摩离开光华大学。

1931 年

1 月，徐志摩为营救在日被捕的胡也频积极活动；

2 月，徐志摩离开上海，担任北京大学英文系教授，兼任北京女子大学教授，仍兼上海中华书局、大东书局编辑，并帮助生计无着的沈从文落实书籍的出版情况；

3 月，徐志摩多次劝说陆小曼离开上海北上；

4 月，徐志摩母亲去世，南归奔丧，徐志摩父亲不许陆小曼戴孝，父子为此发生争执；

6 月，徐志摩组织筹集路费，帮助沈从文送丁玲母子回湖南；

11 月，徐志摩返回上海，与陆小曼发生争执，提前离家；

11 月 19 日，徐志摩乘坐飞机从南京返回北平，在济南附近失事遇难。

1932 年

陆小曼整理徐志摩遗稿，以《眉轩琐语》为名在《时代画报》第三卷第六期上发表；

清明，陆小曼回硖石为徐志摩扫墓。

1936 年

陆小曼加入中国女子书画会。

1938 年

陆小曼不顾外界评说开始与翁瑞午同居。

1941 年

陆小曼在上海大新公司开办个人画展。

1956 年

陆小曼得到上海市市长陈毅关怀，被安排担任上海文史馆馆员；

同年加入农工民主党，担任上海徐汇区支部委员。

1958 年

陆小曼担任上海中国画院专业画师，加入上海美术家协会。

1959 年

陆小曼任上海市人民政府参事室参事；

同年被全国美协评为"三八红旗手"。

1965 年

4 月 3 日，陆小曼在上海华东医院病逝。